LORDE CREPTUM
© edição brasileira: Editora Pulo do Gato, 2015
© texto e imagens: Gustavo Piqueira

coordenação editorial MÁRCIA LEITE e LEONARDO CHIANCA
editora assistente THAIS RIMKUS
revisão ANA LUIZA COUTO
projeto gráfico e diagramação GUSTAVO PIQUEIRA / CASA REX
impressão INTERGRAF

As imagens fotográficas pertencem ao acervo pessoal
de Nair Leonardi Ferrari, que gentilmente cedeu os
direitos de reprodução ao autor para uso nesta obra.

A edição deste livro respeitou o novo
Acordo Ortográfico da Língua Portuguesa.

Dados Internacionais de Catalogação na Publicação (CIP)
(Câmara Brasileira do Livro, SP, Brasil)

Piqueira, Gustavo
    Lorde Creptum / Gustavo Piqueira. - 1. ed.
    São Paulo: Editora Pulo do Gato, 2015.

    ISBN 978-85-64974-81-4

    1. Ficção - Literatura infantojuvenil I. Título.

                            CDD-028-5

    Índices para catálogo sistemático:
1. Ficção: Literatura infantojuvenil 028.5
2. Ficção: Literatura juvenil 028.5

1ª edição • maio • 2015

Todos os direitos desta edição reservados.

pulo do gato   Rua General Jardim, 482, conj. 22 • CEP 01223-010 • São Paulo, SP, Brasil
                 55 11 3214 0228   www.editorapulodogato.com.br

LORDE CREPTUM †
Gustavo Piqueira

pulo do gato

— Que lenço esquisito.
— Bem esquisito.
— De que cor será? Não dá para ver pela foto em preto e branco.
— Roxo.
— Roxo?
— Ninguém usaria um lenço desses se ele não fosse roxo.
— Não?
— Não. Um homem que amarra um lenço desse tamanho no pescoço quer chamar atenção. Não faria sentido se o lenço fosse branco. Ou cinza. Mal seria notado.
— Tem razão.
— Ainda mais com esses óculos escuros.
— O que tem a ver o lenço com os óculos?
— Para que não o reconheçam.
— Por quê?
— Pelo crime que cometeu.
— Crime?
— Crime. Ninguém se disfarça por outro motivo.
— Disfarça? Mas ele não estava usando um lenço roxo exatamente pelo motivo contrário? Chamar atenção?
— Chamar atenção para o lenço roxo, entendeu? A pessoa passa, vê um lenço roxo enorme e não enxerga mais nada. Só o lenço roxo. Nem olha para o resto e o criminoso segue impune. Igual ao Wesley.
— O Wesley é criminoso?
— Não. Narigudo.
— ?
— Com aquele nariz enorme, quando você olha para o Wesley, vê o quê?
— O nariz.

— Exatamente. Só o nariz. Com o lenço roxo é a mesma coisa.

— Entendi... E se for fantasia de Carnaval?

— Um lenço roxo e óculos escuros? Fantasia de Carnaval? Deixe de ser idiota.

— Não fale assim comigo!

— Pense bem: não é uma ideia idiota?

— ...

— Não?

— É. É idiota. Mas não fale assim comigo do mesmo jeito.

— Concorda, então, que ele é um criminoso?

— Concordo.

— Lorde Creptum, o assassino do lenço roxo.

— Lorde Creptum?

— Lorde Creptum.

— Ele se chama Lorde Creptum? De onde tirou isso?

— Olhe bem pra ele. Como você acha que um cara desse poderia se chamar? Antônio Carlos?

— ...

— Então?

— Tem cara de Lorde Creptum mesmo.

— Lorde Creptum, o assassino do lenço roxo.

— Quem ele assassinou?

— Quem?

— Para ser um assassino é preciso matar alguém.

— Verdade.

— Mas quem ele matou?

— Não sei. Vamos verificar tudo. Espalhe aqui no chão. Se examinarmos com atenção, a gente descobre... Vai, distribua até lá no canto. Pode colocar o abajur em cima da cama, se precisar de mais espaço.

LOR

CREPTUM

A VIDA É UM POCKER!

e como em todos os jogos, ganha o mais valente, quem tiver mais coragem, mais resistencia e mais vigor. O fraco, aquelle que não tem saude, não pode ter estas vantagens.

Elle será sempre a victima, o "derrotado".

Cuidem, pois, de sua saude, não esperando o desenvolvimento das molestias. Previnam-se especialmente contra as enfermidades dos rins e da bexiga, tomando cada mez, durante alguns dias, alguns COMPRIMIDOS "SCHERING" de UROTROPINA, o maior desinfectante das vias urinarias.

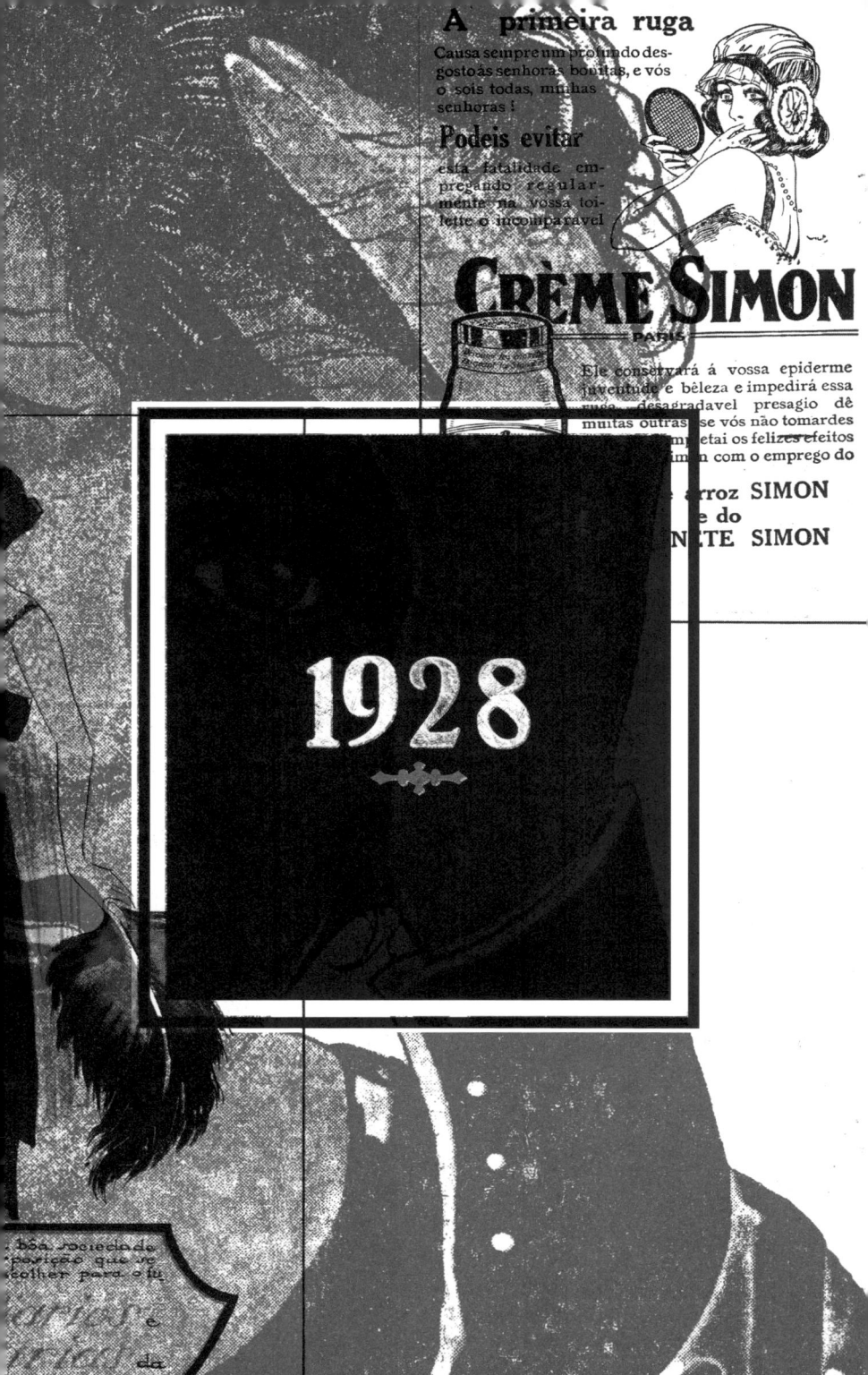

A primeira ruga

Causa sempre um profundo desgosto ás senhoras bonitas, e vós o sois todas, minhas senhoras!

Podeis evitar

esta fatalidade empregando regularmente na vossa toilette o incomparavel

CRÈME SIMON
PARIS

Ele conservará á vossa epiderme juventude e bêleza e impedirá essa ruga, desagradavel presagio de muitas outras se vós não tomardes... completai os felizes efeitos... Simon com o emprego do

...rroz SIMON
...e do
...ETE SIMON

1928

Navalha Sangrenta chegara à cidade dois anos antes. Ninguém sabia de onde vinha. Nem o Onofre do armazém, sempre a par das novidades. Tudo nele era mistério. O que fazia? Quem era sua família? Qual o seu nome? Porque, claro, nenhuma mãe batizaria o próprio filho com o nome de Navalha Sangrenta.

Talvez ele carregasse um nome normal. Flávio, Pedro, Ricardo... Mas, uma vez que o homem sombrio de sobrancelhas grossas nunca conversara com ninguém, impossível saber. E era preciso, nas inúmeras discussões em que se teorizava sobre sua repentina chegada ao bairro, nomeá-lo de algum jeito. A primeira tentativa, *Aquele Lá*, fracassou. "Quem é *aquele lá* que se mudou para o sobrado verde da Melo Barreto?" "Quem?" "*Aquele Lá*." Fracassou, evidente. *Aquele Lá* poderia ser qualquer um, desde que estivesse lá e não aqui. Porque, então, seria *Este Aqui*, não *Aquele Lá*. Onofre tentou sugerir algo mais personalizado: *Aquele Novo Vizinho Estranho da Casa da Esquina*. Ideia infeliz, já que era impossível alguém conseguir se lembrar de apelido tão comprido. Encurtaram para *Vizinho Estranho* e, posteriormente, apenas *O Estranho*. Por uns seis meses, serviu. E *O Estranho* seguia assunto favorito da vizinhança. "Com o que será que *O Estranho* trabalha? Sempre sai à noite, ninguém vê quando volta..." "Deve ser algo lucrativo. Afinal, aquele carrão parado na porta não custou barato... Quem aqui da rua tem carro? Um modelo desses, então, só se vê em bairros de rico." "*O Estranho* é estranho... Sozinho, nesse casarão." "É... Estranho." "Não é à toa que o chamam de *O Estranho*." "Não, não é à toa. *O Estranho* é bem estranho." Uma manhã, Minervino rompeu esbaforido no bar.

Acabara de ver O Estranho debruçado à janela, limpando uma faca ensanguentada. "Tem certeza, pivete?" "SIM! UMA FACA! ENORME! ENSANGUENTADA! DE SANGUE! ENSANGUENTADA DE SANGUE!" Assim, O Estranho se tornou Navalha Sangrenta. E a macabra narrativa do moleque foi tratada como fato inquestionável, mesmo com todos no bairro conscientes de que Minervino não era fonte das mais confiáveis. Seis anos depois, inclusive, o pivete foi preso por estelionato após aplicar o golpe do falso bilhete de loteria premiado em mais de dez pobres coitados que desembarcavam na Estação da Luz vindos do interior. Réu primário, acho que ficou apenas uns três anos encarcerado. Mas nunca se emendou, passando o resto da vida a alternar pequenas falcatruas com temporadas na cadeia. Quer saber? Dele nunca tive dó, não. Pena mesmo eu tinha da Eunice, por ter se casado com um pilantra desses... Ninguém merece tamanho desgosto.

    Mas basta de Minervino. Esta é a história de Navalha Sangrenta, ex-O Estranho. Que, mudança de apelido à parte, seguia envolto em total escuridão. Por mais que todos se esforçassem, nada mais a respeito do sombrio personagem conseguira ser descoberto. Escapadas noturnas, carros cada vez mais possantes, facas ensanguentadas na janela, e só. Passados dois anos, era tudo o que se sabia dele.

    Até surgirem as três meninas.

Apareceram de repente. Numa noite, ele saiu de casa, sorrateiro, como fizera desde o dia em que chegara. Na manhã seguinte, já rodava por aí, ao lado de três lindas garotinhas. "São irmãs?" "Parecem." "Filhas dele?" "Difícil. Sem mulher, difícil ter filhos." "Órfãs?" "Nunca vi alguém que adotasse três de uma vez." "Irmãs dele?" "Muito novas." "Já sei! Escravas! Escravas do Navalha Sangrenta!" "Pode ser... Mas não acha que estão arrumadas e sorridentes demais para um trio de escravas?"

    Diferente do Navalha, as três — Dirce, Araci e Rosa eram seus nomes — pareciam levar uma vida longe do crime. Matriculadas no Grupo Escolar, estudavam e brincavam como qualquer menina. Nunca, contudo, revelavam a ninguém um mísero detalhe, tanto sobre seu passado quanto sobre o misterioso protetor. Nunca. E olha que quase todo mundo perguntou. Alguns moradores, preocupados com as três, chegaram até a pensar num resgate que as livrasse das garras daquele monstro bárbaro. Mas a operação nunca foi posta em prática, pois as meninas, correndo alegres pelas ruas com suas roupas finas, não pareciam clamar por socorro.

Grupo Escolar do Braz
29 3º anno

Quem eram aquelas pessoas?

Aquele homem assustador, aquelas três garotinhas. E aquele garoto.

Sim, aquele garoto que, algum tempo depois, juntou-se ao grupo.

Quem era ele?

Mme. JEN

a casa de modas d[e] maior prestigio no pai[z]

Apresenta sempre em "avant saison" os ultimos modelos — creações proprias e importado[s] — requintes de alta elegancia

Manteaux, Vestidos, Tailleurs **Chapéus.**

em S. Paulo:
R. Barão Itapetininga, 265-27[...]

no Rio:
R. Ouvidor, 135 - Fone, 22-121[...]

R.B. ITAPETININGA, 26[5]

TELEFONO 70687
CLAUDIO TRICERTI POZZI

FORNITORE DELLA CASA DI S.A.R. IL PRINCIPE [...]

POZZI & C[.]
completo Abbigliamento di Ma[...]

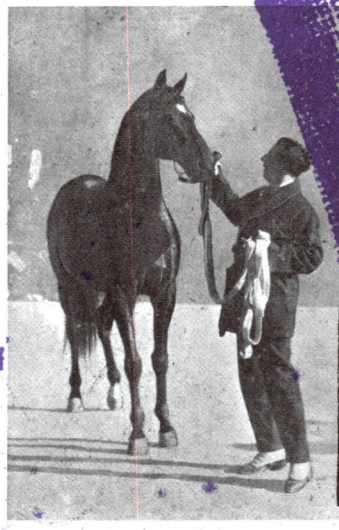

Le vostre sete, caro Pozzi, sono pure e nobili come le Terre di questo bel corpiero e lucenti come il suo sano mantello morbide come la sua niera inanellata — Guido da Verona

— Lorde Creptum.
— Lorde Creptum?
— Lorde Creptum, inspetor.
— Isso lá é nome, Gonçalves?
— Está aqui na ficha, senhor. Veja, segunda linha. Nome: Lorde Creptum.
— Eu sei que está na ficha, Gonçalves.
— Só estou mostrando porque o senhor disse que isso não era nome. E aqui consta como nome. Lorde Creptum.
— O que eu quis dizer, criatura, é que Lorde Creptum é um nome esquisito.
— Nisso o senhor tem razão. Mas muita gente tem nome esquisito. Minha esposa, por exemplo.
— Sua esposa?
— Sim, senhor. Minha esposa se chama Pochete Cristina.
— Como, Gonçalves?
— Pochete Cristina.
— Pochete? De amarrar na cintura?
— Exato, senhor. Pochete.
— Coitada...
— Ela gosta, senhor.
— Gosta?
— Gosta. Diz que é original. Eu fico quieto, sabe? Não quero encrenca. Além do mais, é o nome dela. Vai se chamar Pochete Cristina para sempre, preciso me acostumar. Mas confesso ao senhor que estou preocupado, pois ela quer batizar nosso filho que está para nascer com o nome de Arranhacéu.
— Arranhacéu?
— Arranhacéu, senhor. Arranhacéu Gonçalves.
— De onde ela tirou isso?

— Dos prédios altos, senhor. São conhecidos como arranha-céus.

— Isso eu sei, Gonçalves! Perguntei de onde ela tirou que uma pessoa possa ter esse nome?

— Ela diz que é imponente.

— Você concorda?

— Não, senhor.

— Ora, então sugira um nome comum.

— Já tentei, senhor.

— Não funcionou?

— Não. Ela insiste em Arranhacéu.

— Por que não tenta o meu nome? Não é imponente também? Valdir.

— Sim, senhor. É imponente.

— Valdir. Soa bem, não? Vaaaldir.

— Vaaaaldir. Bonito mesmo, senhor.

— Vaaaaaldir.

— Vaaaaaaldir.

— Vaaaaaaldir.

— QUE PALHAÇADA É ESSA? O que vocês dois estão fazendo??? Ensaiando ópera???

— Não, comissário.

— Não, comissário.

— Por que diabos, então, esse circo todo?

— O Gonçalves, comissário. Está com um tremendo problema.

— Estou sim, comissário.

— E qual é esse problema que faz vocês dois agirem como idiotas no meio do expediente?

— Minha esposa, comissário.

— Ih... Trocou você por outro?

— Não, comissário!

— Tem certeza?

— Tenho! Tenho certeza!

— Olha que você não parece muito esperto, hein, Gonçalves... Vai ver ela anda se engraçando com algum galãzinho por aí e você nem percebeu...
— De modo nenhum, comissário. Ponho minha mão no fogo pela Pochetinha.
— Mão no fogo? Gonçalves, Gonçalves... Cego pela paixão... Mas vai, vai. Suma daqui. Preciso resolver algumas coisas com o inspetor Valdir.
— Sim, senhor. Se me dão licença...
— E então, Valdir. Alguma novidade?
— Veja bem, comissário...
— SEM ESSA DE "VEJA BEM", VALDIR! Já morreram cinco garotas! Está todo mundo no meu pé, rapaz!
— Eu sei, comissário. Estou me esforçando ao máximo para...
— ENTÃO SE ESFORCE MAIS!
— Acho que...
— NÃO QUERO SABER DE ACHISMOS, VALDIR! NÃO QUERO SABER! QUERO QUE RESOLVA ESSA DROGA DE CASO!
— Então, eu acho...
— ACHO, ACHO, ACHO! VOCÊ É PAGO PARA DESCOBRIR E AUTUAR, VALDIR! NÃO PARA ACHAR! É INSPETOR DE POLÍCIA, NÃO CARTOMANTE, MEU FILHO!
— Acho que encontrei um suspeito.
— UM SUSPEITO? UM SUSPEITO! POR QUE NÃO FALOU LOGO?
— Eu estava tentando, comissário. Venha até o quadro que lhe mostro.
— O quadro? Sim, o quadro. Deixe-me examiná-lo... Gonçalves, dezoito de março. Lourdinha, vinte e cinco. Valdir, três de abril...
— Não, comissário. Não esse. Esse é o quadro da escala de revezamento para trazer pó de café aqui

na delegacia. O quadro resumindo os crimes é este, bem atrás de mim.

— Acha que sou estúpido, Valdir? Que não consigo diferenciar uma cena de crime de um revezamento do pó de café?

— Claro que não acho, comissário. Claro que não. Como o senhor pode ver, aqui no quadro, estas são as cinco meninas mortas.

— Sim, as cinco fotos.

— As cinco fotos.

— As que morreram estão marcadas com um "X", certo?

— Sim, com um "X".

— Deixe-me examinar este quadro...

...

...

...

...

...

— Comissário?

— Diga, Valdir.

— Examinou?

— Estou examinando, Valdir. Estou examinando.

...

...

...

...

...

— E então?

— Então o quê, Valdir?

— Descobriu?

— Você está questionando minha competência, seu tampinha? Claro que descobri! Pensa que me tornei comissário como? Com politicagem? Sei que a família da minha esposa ajudou... Mas tenho talento, rapaz! Tenho talento! Claro que descobri!

— E?

— Todas as meninas assassinadas estão marcadas com um "X".

— Acabei de lhe dizer isso, senhor.

— E daí? E daí? Só porque me disse não posso ter percebido por conta própria? Está me desafiando?

— Não, senhor. Longe de mim. Mas examine bem essas fotos: as cinco meninas tiraram uma foto ao lado deste sujeito.

— Que sujeito?

— Este aqui, olhe.

— Este?

— Sim. Esquisitão, não?

— Esquisitão mesmo... Que lenço é esse amarrado no pescoço?

— Deve ser moda, senhor.

— Moda? Uma coisa estrambótica dessas? Meu Deus! Onde vamos parar, Valdir? Onde?

— Não sei, comissário. Mas o fato é que o sujeito sempre aparece próximo às vítimas. Ele e as três moças. Araci, Dirce e Rosa.

— São parentes?

— Não se sabe ao certo, senhor.

— Não?

— Não. Além disso, foi encontrado ao lado dos restos mortais da senhorita Aldeni dos Anjos, a segunda a padecer, um lenço roxo. Muito parecido com o que ele usa em algumas fotos.

— Roxo?

— Roxo.

— Não bastasse o sujeito amarrar um lenço desses no pescoço, ainda por cima é roxo?

— Pois é... Pedi para o Gonçalves levantar a ficha dele. Foi exatamente o que ele veio me entregar agora há pouco.
— Cantando ópera?
— Antes, comissário. Antes. E aquilo não era ópera, discutíamos o problema dele com a esposa.
— É verdade. Pobre Gonçalves. Tomando chifre. Se é comigo, Valdir, eu mato. Se pego minha mulher com outro, passo fogo. Mato ele, mato ela. Sem pestanejar. Perco a liberdade, mas não a honra, Valdir! Não a honra!
— Claro, comissário. Claro. O nome dele é Lorde Creptum.
— O amante da esposa do Gonçalves?
— Não, senhor. O suspeito.
— Ah! O do lenço roxo. Lorde o quê? Celso?
— Creptum. Lorde Creptum.
— Isso é nome, Valdir?
— Foi o que falei para o Gonçalves, senhor. Mas parece que é.
— Cada um que me aparece... E onde mora esse Lorde Creptum?
— Perto da Consolação. Junto com as três garotas e um senhor conhecido como Navalha Sangrenta.
— Navalha Sangrenta?
— Navalha Sangrenta.
— Valdir, meu rapaz, este é o caso com os nomes mais estranhos do mundo! Lorde Creptum e Navalha Sangrenta?
— O que posso fazer, senhor? São os nomes que me passaram... Sem falar na Pochete Cristina.
— Pochete Cristina?
— É. Pochete Cristina.
— Quem é essa?

— A esposa do Gonçalves.
— Ela está envolvida nos crimes?
— Não, senhor. Mas também tem um dos piores nomes do mundo.
— Verdade. Pochete Cristina é de doer... Mas vamos lá! Foco no caso, Valdir! Foco no caso! O que mais encontrou?
— Nada. Todas morreram perto de algum rio ou lago. Mas, para mim, isso é coincidência. Não leva a nenhuma conclusão.
— Não mesmo. Fora isso?
— Nada. Ficha limpíssima, todos os cinco. Ainda que ninguém saiba de onde vem a fortuna do Navalha Sangrenta. A boataria, como sempre, corre solta: contrabandista, chefe de quadrilha... Se quer minha opinião, ali tem coisa. Um sujeito vindo do nada, enriquecendo rapidamente sem que ninguém saiba como. Tem coisa. Ele apareceu em 1926, no Brás. Algum tempo depois vieram as três garotas e, na sequência, Lorde Creptum. Há três anos, mudaram-se todos para a casa da rua Pará. Aí tem coisa, sim. Mas vasculhei todos os arquivos e, até hoje, nada de ilegal foi comprovado.
— Nada?
— Verifiquei pasta por pasta.
— Entendo. Já foi até lá interrogá-los?
— Não, senhor. Estão todos viajando, pelo que pude apurar. Num hotel estância perto de São José do Rio Preto.
— Os cinco?
— Os cinco, acompanhados por duas amigas das moças.
— Duas amigas? Valdir!!! Lorde Creptum deve estar, neste exato instante, esquartejando as duas

mocinhas!!! E você aí, na maior calma, sentadão na sua cadeira...

— Mas Rio Preto é no interior.

— E?

— E o senhor sabe que não me adapto muito bem a mato.

— Valha-me Deus! Por causa da frescura de um investigador de um metro e meio, duas mocinhas vão perder a vida! Você vai para lá, sim, rapaz. Imediatamente!

— Mas...

— IMEDIATAMENTE!

— Entendido.

— E leve o Gonçalves. O bando deve ser perigoso. Além do que, o pobre coitado está precisando espairecer. Traído por uma mulher chamada Pochete Cristina. Desorienta qualquer um... Por isso anda vagando por aí feito doido, cantando ópera.

— Senhor, a esposa do Gonçalves não o está traindo.

— Isso, tampinha, é o que você pensa! O que você pensa! Um solteirão não conhece as artimanhas femininas. Eu não sou comissário por acaso, meu jovem. Não mesmo! E chega de papo. Quero os dois em São José do Rio Preto agora! AGORA!

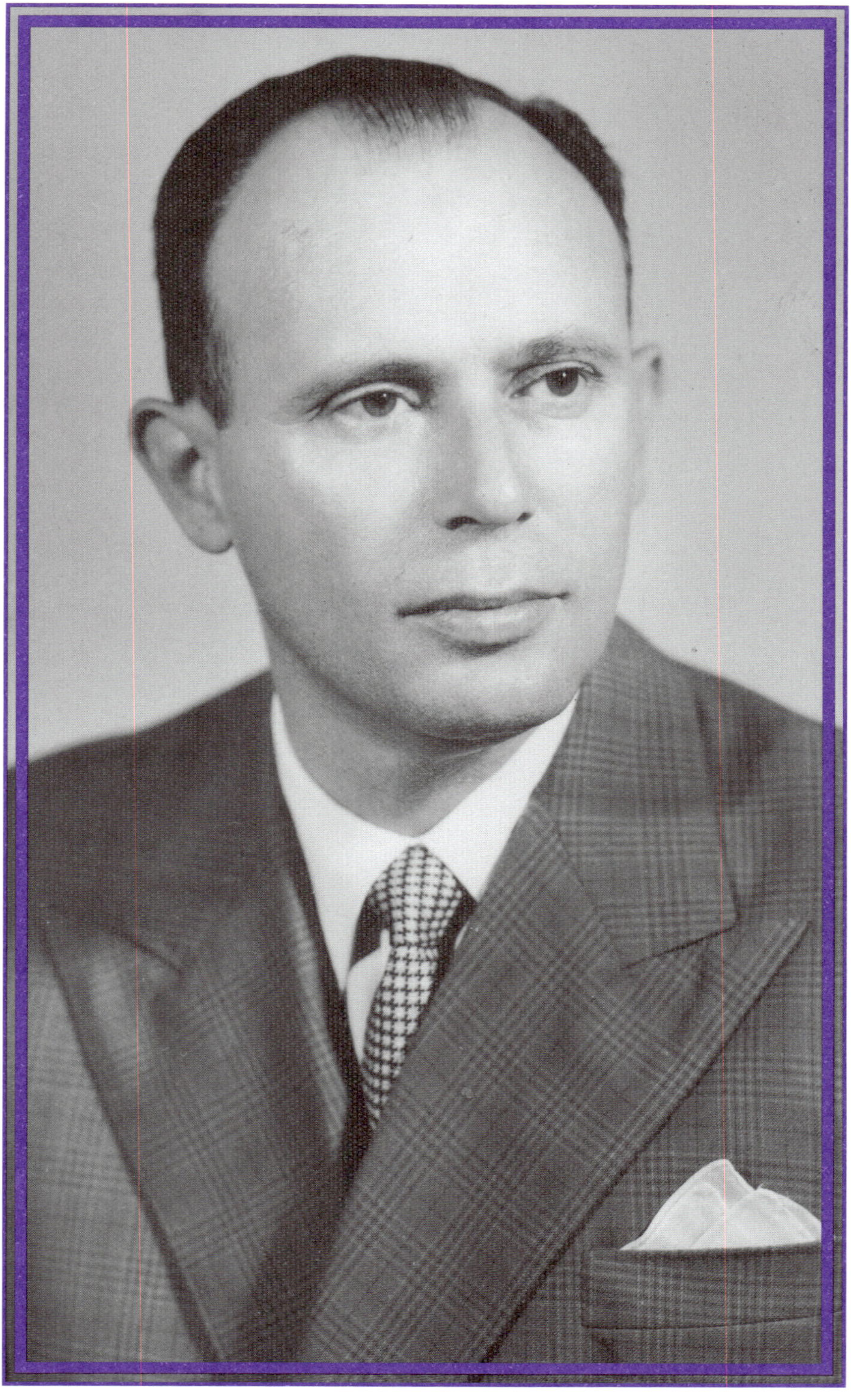

Certamente, era o caso mais estranho que Valdir já investigara em seus oito anos na polícia. E que bando... Não bastassem os nomes esquisitos, não havia nenhuma maneira de descobrir a verdadeira identidade do Navalha Sangrenta. Nem o grau de parentesco que o unia a Lorde Creptum e às três garotas. Formavam uma quadrilha? Ou apenas uma família diferente das outras? Mais provável a primeira opção. Dinheiro que surgia sem explicação, cinco garotas mortas... Será que as três meninas faziam parte do grupo? Difícil de acreditar, com aquelas carinhas de anjo...

 E qual o motivo para a série de assassinatos? As cinco vítimas não possuíam qualquer ligação entre si, com exceção das fotos ao lado de Creptum. Ninguém se beneficiou com suas mortes. Eram, inclusive, bem pobres todas elas. Mata-se por dinheiro, vingança ou amor. Mas aqueles crimes não se encaixavam em nenhum dos três motivos. Já interrogara mais de cinquenta pessoas próximas às vítimas e nada... Para completar, a macabra ausência de cadáveres. Tudo o que restava das garotas eram algumas peças de roupas banhadas numa piscina de sangue. Mais parecia obra do demônio, não de um ser humano. Obra de um monstro.

 — Submarino!
 — O quê?
 — Submarino!
 — Submarino?
 — É, Submarino! Melhor que Arranhacéu! O senhor não acha?
 — Gonçalves...
 — Não é melhor? Certamente vai agradar minha Pochete. E prefiro Submarino a Arranhacéu.

— Gonçalves, cale a boca e dirija. Ainda falta muito para chegarmos naquele fim de mundo e estou tentando juntar as peças do caso.

— Sim, senhor. Desculpe.

Como o Gonçalves conseguira passar no concurso para a polícia? Bom rapaz, honesto. Mas seu cérebro deve ser menor do que uma bola de gude. Impressionante...

— Olhe, lá, inspetor!
— Onde?
— Perto do lago.
— Do lago? Ah!
— É ele, junto com as meninas.
— Ele mesmo. Quem mais amarra um lenço roxo no pescoço?
— Não achei tão feio assim, senhor.
— Gonçalves, não quero ser estúpido com você, mas alguém que cogita o nome de Submarino para o próprio filho não é, exatamente, um especialista em distinguir o belo do feio.
— Será que o comissário Dalmar implicaria se eu comprasse um lenço desses para mim?
— Gonçalves...
— Entendi, senhor. Entendi. Devemos ir até lá e abordá-los?
— Para falar o quê? "Boa tarde, Lorde Creptum, somos policiais disfarçados e suspeitamos que você tenha assassinado cinco garotas. Viemos até aqui para segui-lo..." Gonçalves! Se ele descobre que somos da polícia não conseguiremos prova nenhuma!
— Tem razão.
— Anda, continue carregando as malas que, para piorar a situação, o estacionamento deste hotel fica a mais de um quilômetro da recepção.
— Verdade. Mas a paisagem é bonita. Árvores, montanhas...
— Eu não me dou bem com mato, Gonçalves. Não mesmo. O pessoal fica deslumbrado com as árvores e montanhas, mas ninguém fala dos mosquitos, besouros, cobras...
— Cobras?
— Cobras.

— O senhor viu alguma cobra?

— Não, Gonçalves. Mas um fim de mundo como este certamente deve estar infestado por cobras. Maldita hora em que virei investigador, Gonçalves! Maldita hora! Se tivesse aceitado o emprego que o tio Milton ofereceu, na gráfica, estaria livre deste calor infernal...

— Está quente mesmo. E olha que já é quase noite.

— Pois é. Imagine como vai estar durante o dia amanhã. Deserto do Saara...

— De quem, senhor?

— De quem o quê, Gonçalves?

— O deserto.

— O que tem o deserto?

— Que o senhor falou. De quem é? Do Sara? Pensei que Sara fosse nome de mulher.

— Saara, Gonçalves. Saara.

— Foi o que falei, Sara.

— Deixe pra lá, Gonçalves. Apenas aperte o passo, que preciso urgente de um banho.

— Entendido... São bonitas as moças, não?

— Não fique assim olhando para eles! Estamos disfarçados, lembra? Disfarçados.

— Mas são bonitas... Só estou comentando.

— São... São bonitas mesmo. Principalmente a que está ao lado de Creptum.

— A baixinha?

— Não, a do outro lado. De branco. Rosa é o nome dela. O da baixinha é Araci.

— Bonita mesmo. Essa eu levava para casa.

— Você já tem mulher, Gonçalves!

— Eu sei, senhor. Foi só modo de dizer.

— Lá estão também as duas amigas. Bem vivinhas.

— Verdade.

— Tremenda perda de tempo o comissário ter nos enviado para cá. Em dois, três dias o grupo já estaria de volta à cidade.... Como tem mosquito aqui, Deus do céu. Nunca vi tantos.

— Nem eu, senhor. Nem eu.

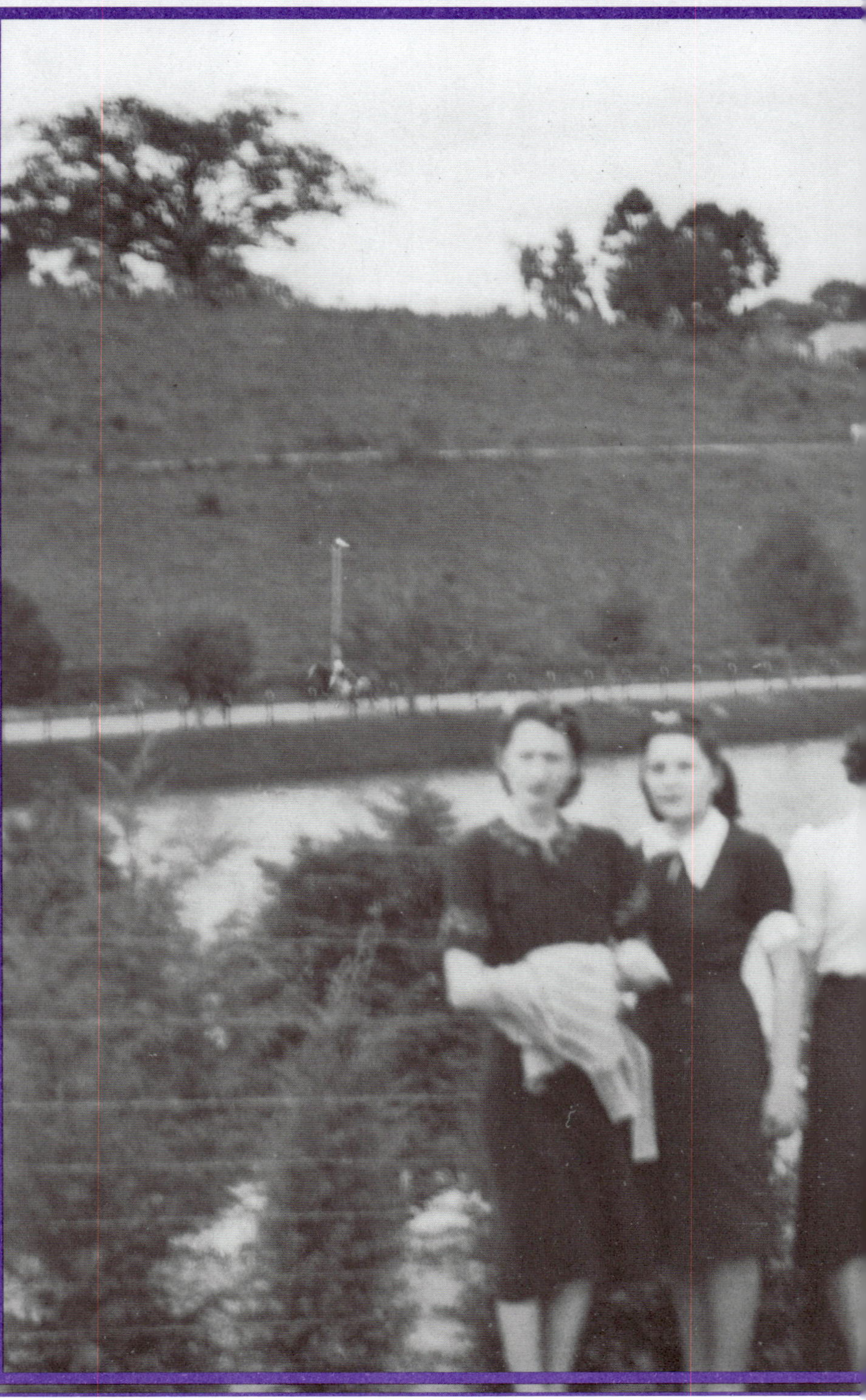

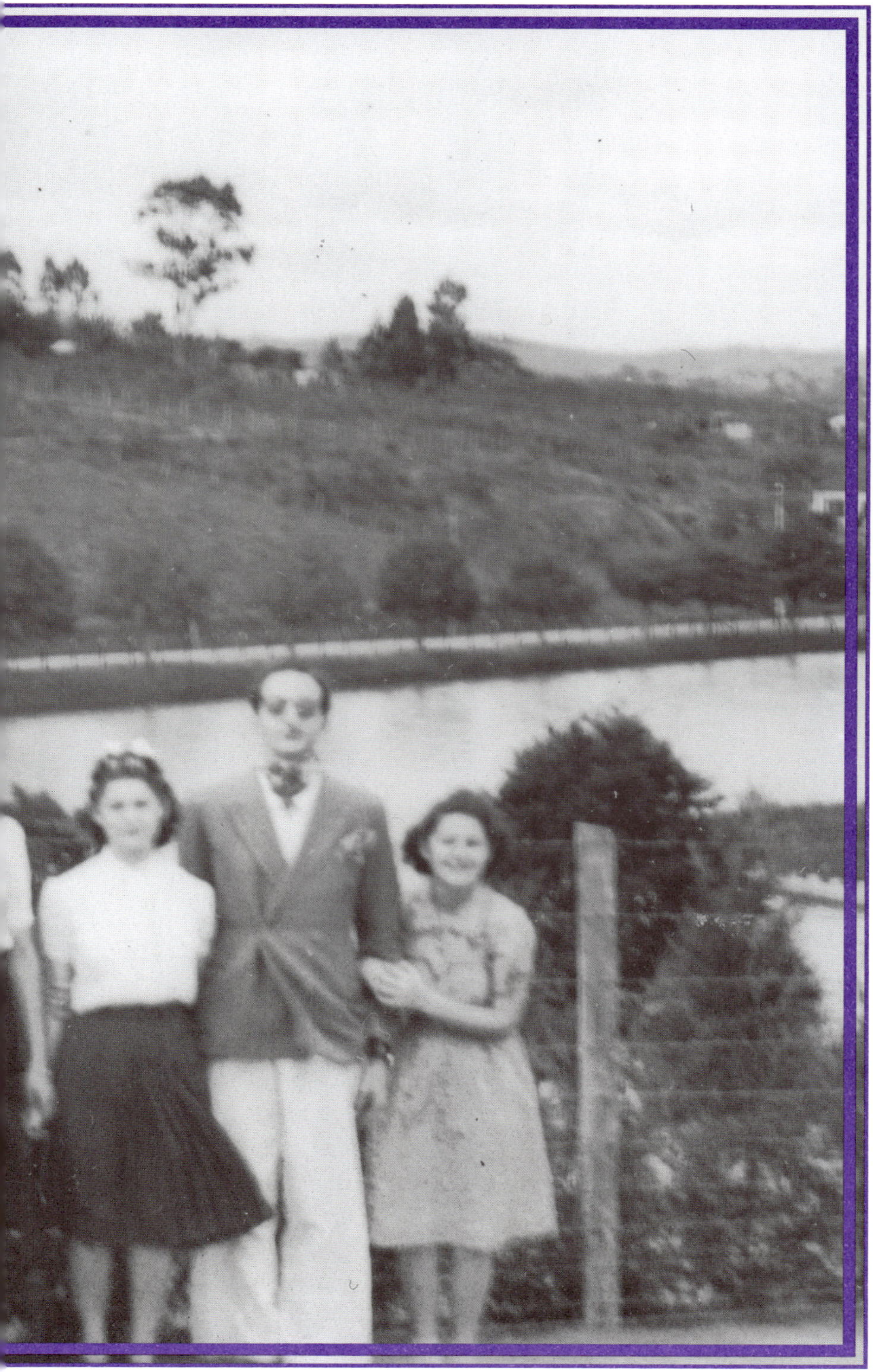

Como de nada adiantaria descer para o saguão do hotel às duas da manhã, Valdir deixou o início das investigações para o dia seguinte. Após o banho, sentara-se na poltrona para uma breve soneca prevista para durar quinze minutos, mas que acabara se prolongando por mais de quatro horas. Era um problema, ele sabia. Não podia encostar num assento macio que dormia. Fosse noite, manhã, em casa, no trabalho, na cama ou no sofá, em menos de cinco minutos apagava. Por isso, chegara até a trocar a cadeira da delegacia por aquele banquinho de madeira desconfortável. Ao menos, evitava que cochilasse no meio do expediente, como fizera logo no primeiro mês como policial, durante uma palestra do comissário Dalmar. Seria esse o motivo pelo qual o chefe implicava tanto com ele? Porque, cá entre nós, despachá-lo para um hotel no fim do mundo, sem motivo real, só podia ser implicância. Culpa daquela dormidinha acidental? Não, não podia ser... Afinal, já haviam se passado oito anos. O comissário ficara uma fera... E todos passaram a chamá-lo de "Valdir Soneca" por conta do episódio. "Valdir Soneca." Hoje, felizmente, seus colegas esqueceram o apelido. Também, daquele tempo, quem sobrou? Só o comissário Dalmar. Alguns largaram a polícia, outros se aposentaram... O Geraldo, azarado, morreu num tiroteio. Quando foi mesmo? Trinta e seis, aquela quadrilha de roubo a bancos. Pobre Geraldo, sempre tão brincalhão. Morreu. A vida é mesmo muito estranha. Tão curta. Frágil. Aquela moça também. Rosa. Tão frágil. Impossível uma belezinha daquelas estar envolvida numa série de crimes em que os corpos desapareciam como se devorados por alguma besta. Impossível. Aquele sorriso doce? Impossível.

Duas e meia. Todos já deviam estar recolhidos a seus quartos, nada restava a não ser dormir de novo. Um bom sono e Valdir acordaria amanhã bem-disposto. Pronto para enfrentar Lorde Creptum, Navalha Sangrenta ou quem quer que fosse. E, se desse sorte, cumprimentar a jovem Rosa. Sim, era uma chance. Uma boa chance. Virou-se de lado e, mesmo com Gonçalves roncando feito uma orquestra de britadeiras, rapidamente pegou no sono.

— Dor na perna?
— Dor na perna, senhor.
— Desde quando?
— Desde agora de manhã, senhor.
— Isso é alguma piada, Gonçalves?
— Não, senhor. Juro pela minha Pochete Cristina que não. Mal consigo andar. Está até inchado. Olhe aqui. Aqui, perto do joelho.
— Para mim está normal.
— Não, senhor. Está bem inchado. Veja, compare com a outra perna. Bem inchado.
— Estão idênticas, Gonçalves! Idênticas!
— Estão? Deve ser inchaço interno.
— Inchaço interno?
— Sim, senhor. Quando algo incha para dentro, não para fora.
— Isso não existe, Gonçalves!
— Existe, senhor. Eu sou a prova disso. Dói tudo. Tudo...
— E?
— Bom, acho que o senhor terá de sair e fazer o trabalho de campo, enquanto eu fico aqui no hotel.
— Mas que maravilha, hein, Gonçalves? Eu, inspetor titular, vou ter de sair debaixo deste sol escaldante enquanto você, assistente do assistente do assistente, fica aqui no bem-bom.
— Creio que sim.
— Era só o que me faltava! Só o que me faltava!
Valdir saiu batendo a porta do quarto e, furioso, desceu os três lances de escada. A não ser pela funcionária atrás do balcão, não havia ninguém no saguão do hotel.
— Bom dia.

— Bom dia. Em que posso ajudá-lo?
— Queria fazer alguma atividade, algum passeio.
— Passeio?
— É, passeio. O mesmo que os outros hóspedes do hotel fazem.
— Cada hóspede faz uma coisa diferente, senhor.
— É?
— É.
— Então... Quero fazer o mesmo que hóspedes em grupo de cinco moças e dois homens fazem.
— Cinco moças e dois homens?
— Sim.
— Desculpe senhor, mas não existe passeio específico para cinco moças e dois homens. Mesmo porque você é só um. Não faria sentido indicar, para um, um passeio apropriado para sete.
— Querida, eu não tenho o dia todo.
— Tem, sim.
— Como?
— Tem o dia todo, sim. Está aqui no registro. Nome, Valdir Machado. Data de nascimento, dezoito de março de mil novecentos e dez. Profissão, representante de vendas. Motivo da estada, férias. Ora, se está de férias, tem o dia todo.
— Mocinha! Você quer me ajudar ou não?
— É o que estou tentando fazer.
— Não parece... É o seguinte: reparei, por acaso, que o hotel hospeda um grupo formado por cinco garotas, um rapaz e um senhor. Correto?
— Sim, correto. Um senhor, cinco moças e o bonitão.
— Bonitão?

— Sim, o bonitão. Alto, elegante. Ai... Nem posso falar dele que já me arrepio toda...
— Elegante?
— Elegante. Moderno. Roupas coloridas... Não como essa sua camisa branca, aí.
— O que há de errado com minha camisa?
— Nada. Só não é elegante.
— Não?
— Não. Já o bonitão está sempre arrumado... E que porte! Quanto ele deve ter de altura? Aposto que quase dois metros...
— Não vejo nada demais em ser alto.
— Ah! Mas eu vejo! Adoro homens altos... Nada contra o senhor.
— Contra mim?
— É. Por ser baixinho.
— Baixinho?
— Vai me dizer que nunca percebeu?
— Olhe, criatura, minha paciência está se esgotando! Você é uma funcionária do hotel. Recebe salário para orientar os hóspedes, não para classificá-los como baixinhos cafonas! Qual passeio o tal grupo vai fazer hoje?
— Cada um foi para um canto.
— É?
— É. O senhor de sobrancelhas grossas saiu, sozinho, antes do sol raiar. O bonitão levou, faz uns quinze minutos, duas das moças para uma caminhada, mas não disse aonde iam. E as outras três estão lá fora, se aprontando para um passeio a cavalo.
— Lá fora?
— Sim. Dá para ver as três desta janela aqui. Devem ser irmãs. São tão parecidas...

— As três... Estou vendo. Rosa...
— O senhor as conhece?
— Eu? Não.
— Parecia. Até chamou pelo nome.
— Não, não.
— Chamou, sim. "Rosa."
— Você deve ter se enganado.
— Não, não me enganei. "Rosa."
— Você deve ter se engando.
— Se o senhor diz... Posso mandar selar mais um, para que as acompanhe no passeio.
— Um cavalo?
— Exato. O que mais eu poderia mandar selar?
— Não, não. Cavalo, não.
— Tem medo?
— Medo? Eu? Eu não tenho medo de nada, minha filha! De nada!
— Então posso pedir para selarem?
— Não. Nem pensar... Dá para fazer o mesmo trajeto, mas a pé?
— Sim. Mas é uma tremenda caminhada.
— Gosto de caminhadas. Adoro. Adoro caminhar pelo mato, em estrada de terra...
— Se o senhor prefere... Só recomendo usar chapéu. Tenho alguns aqui, à disposição dos hóspedes.
— Não precisa, não. Obrigado.
— Mas são apenas nove da manhã e o sol já está ardido. Quando der meio-dia essa sua carequinha vai torrar...
— Que carequinha?
— Essa aí, em cima da sua cabeça.
— Isto não é uma careca!
— É, sim.
— Claro que não! Isto é testa. Olhe, olhe aqui.

Testa. Sempre tive testa grande. Sempre! Desde pequeno!

— Se o senhor diz...

— Vai, me dê logo essa droga de chapéu!

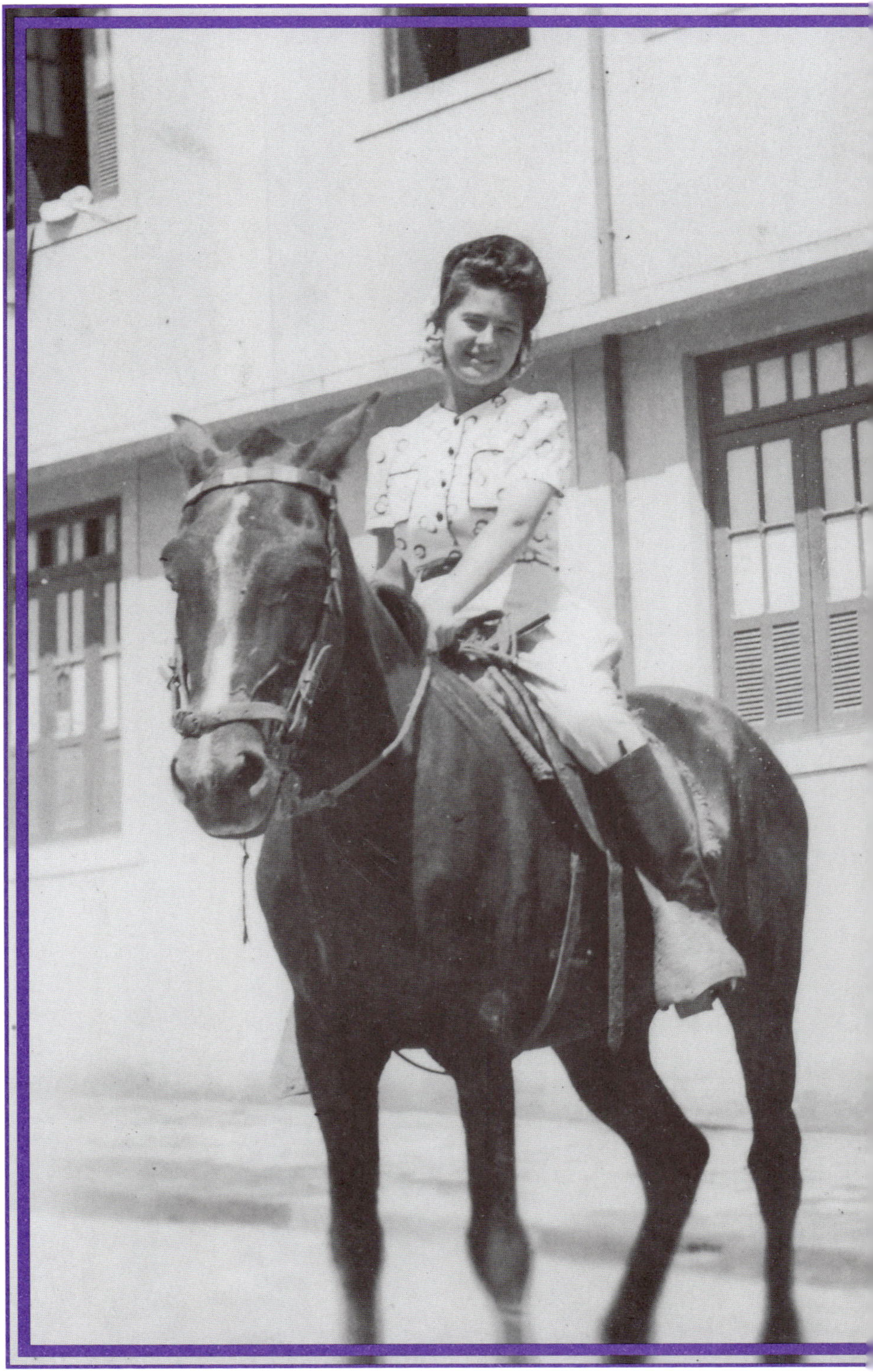

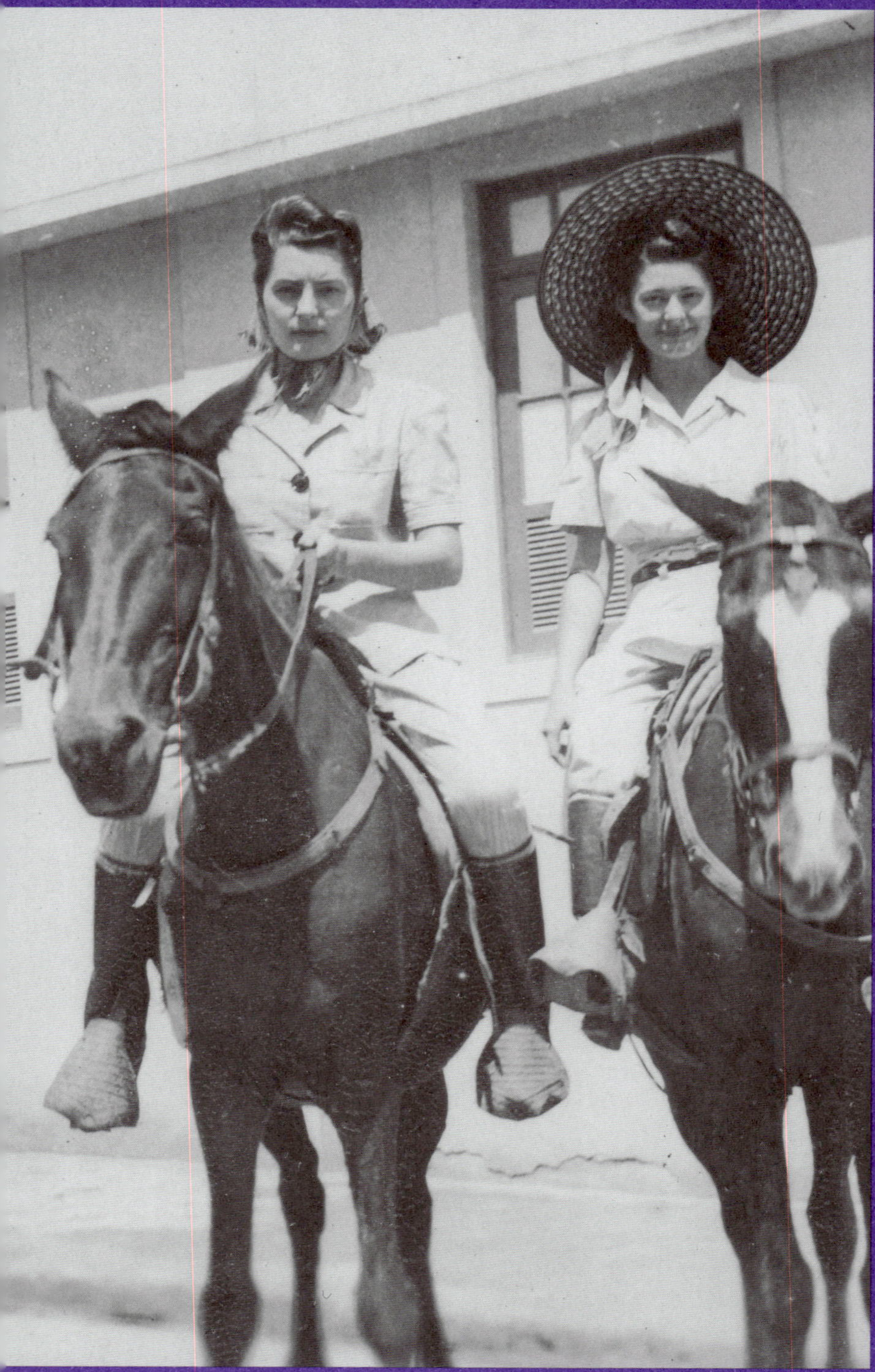

A discussão com a insuportável recepcionista atrasou Valdir e, quando saiu, as três jovens já haviam partido. Era possível avistar, não muito longe, os cavalos seguindo por uma trilha de terra que subia a colina em frente ao hotel. Mas será que deveria ir atrás delas? Ou tentar descobrir onde Creptum levara as duas outras garotas? Talvez o comissário Dalmar não houvesse se enganado, e elas estivessem mesmo marcadas para morrer. Mas como saber onde Lorde Creptum fora, nesse descampado sem fim? Melhor ir atrás das três. Mesmo porque Rosa poderia precisar de sua ajuda.

Duas horas depois, já estava perdido e esgotado. Havia muito a trilha dos cavalos desaparecera. Tentara voltar ao hotel, mas percebeu que andava em círculos. Maldito Gonçalves. Peso morto. Peso morto. Quando voltasse ao hotel ele...

— Procurando alguma coisa?
— !
— Não precisa se assustar.
— Não, não. Só não vi o senhor se aproximar. Muito prazer, meu nome é Valdir. Sou representante de vendas. Indústria de tintas.
— Muito prazer.
— Qual o nome do senhor?
— Está hospedado no hotel?
— Sim, em férias. Cheguei ontem. Relaxar, respirar ar fresco... Sabe como é. O senhor também?
— Quer uma carona?
— A cavalo? Não, não. Obrigado. Estou só dando um passeio. Arejando...
— Parece cansado.
— Cansado, eu? Não, não.
— Você é quem sabe. Até logo.

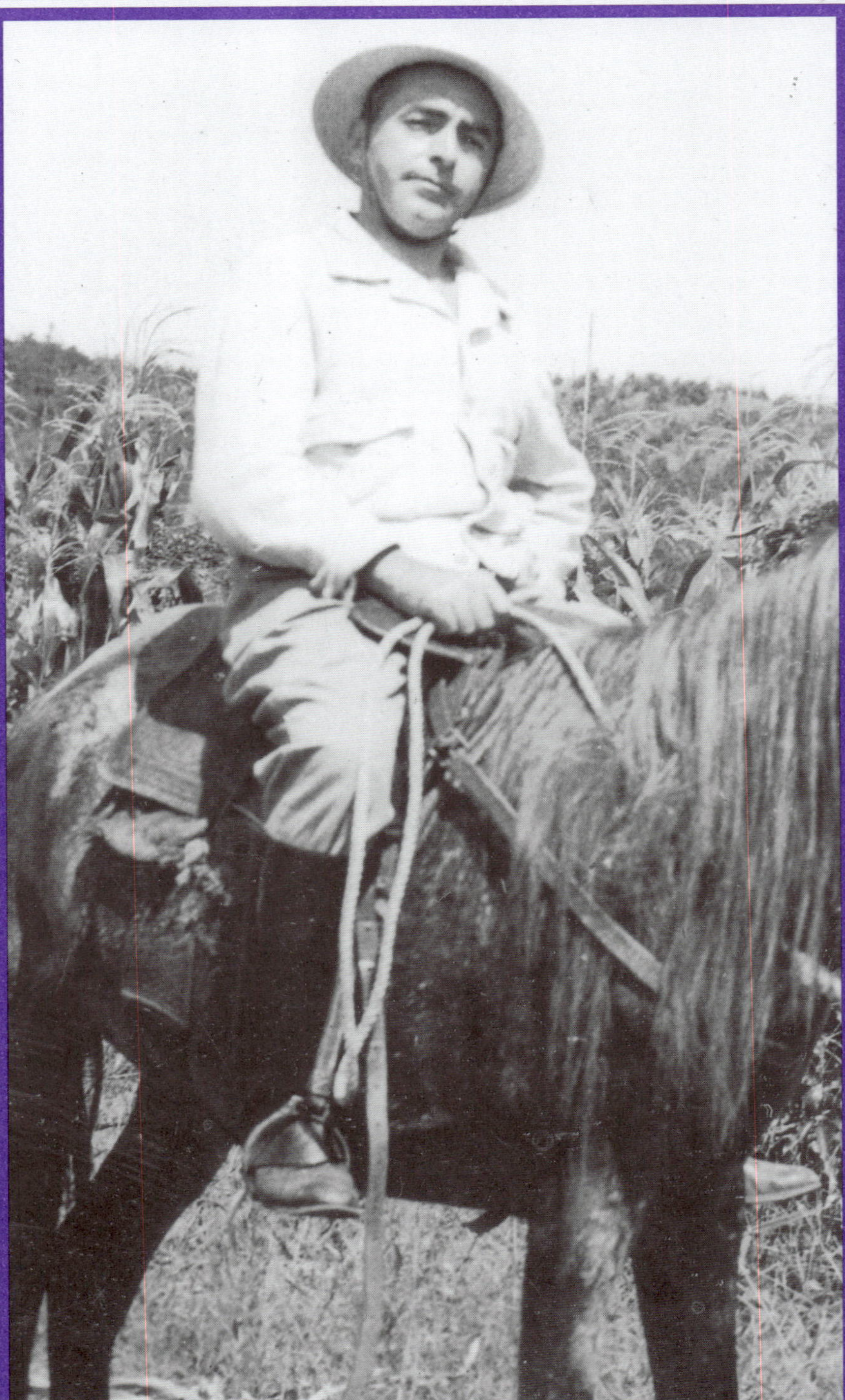

Ao vivo, Navalha Sangrenta era bem mais assustador do que em fotos. Cara amarrada, olhar penetrante. E desviara-se com maestria de todas as perguntas feitas por Valdir. Ao invés de respostas, devolvia outra questão. Atitude para lá de suspeita. Mas o que Valdir poderia ter feito? Além de esbaforido com a andança, estava sem sua arma, já que representantes de vendas não saem por aí com um revólver a tiracolo.

Vagou a esmo, por mais vinte minutos, até avistar, no vale, uma enorme cruz de madeira. Animado por encontrar o primeiro elemento que não fosse mato, poeira ou o Navalha Sangrenta desde que deixara o hotel, desceu apressado. Ainda no meio do caminho, pôde divisar três cavalos amarrados à cruz.

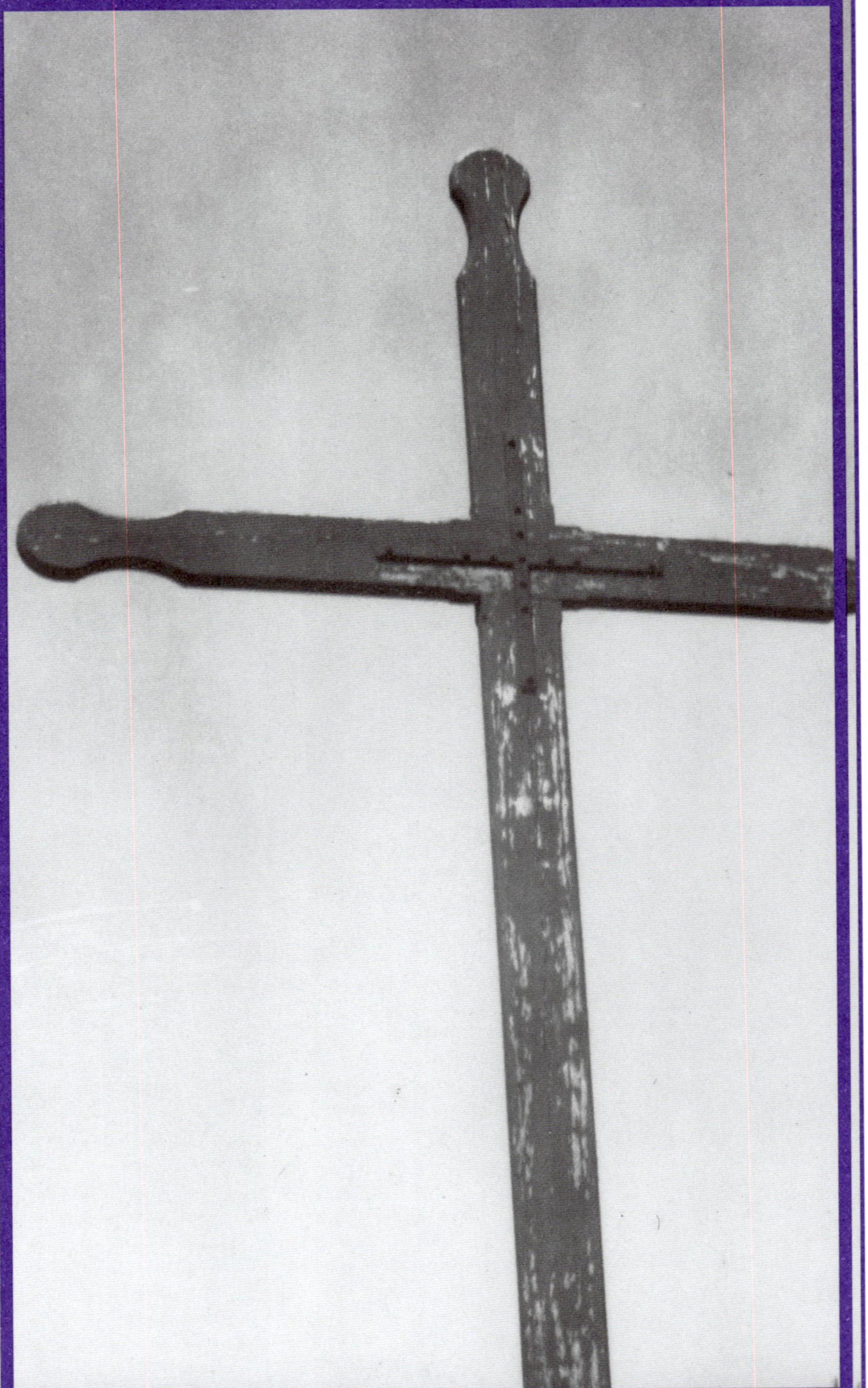

— Procurando alguma coisa?
— !
— Coitado! Araci, o moço se assustou!
— Eu? Assustado? Imagine. Alerta, isso sim. Estou alerta. Sou Valdir, representante de vendas. Indústria de tintas.
— Araci.
— Dirce.
— Rosa.
— Rosa. Muito prazer. Vocês estão passeando?
— Sim, estamos. O senhor não?
— O senhor está no céu, Rosa. Pode me chamar de você. Ou de Valdir. Estou, estou passeando, sim. Relaxando, respirando ar fresco... Hospedadas no hotel?
— Sim.
— Só as três?
— Não. Trouxemos duas amigas.
— Cinco moças viajando sozinhas? Não é perigoso?
— Não estamos sozinhas. E não temos medo.
— Não, não temos medo de nada.
— Entendo. Eu também não, sabem? Não tenho medo nenhum. Enfrento qualquer perigo. Sou, sem modéstia, um destemido. Se precisarem de proteção, é só pedir.
— Proteção de um vendedor baixinho?
— Araci! Não zombe assim do moço!
— Não tem problema. Não tem problema. Vou indo, então. Continuar meu passeio. Foi um prazer, garotas.
— Tchau.
— Tchau.
— Tchau.

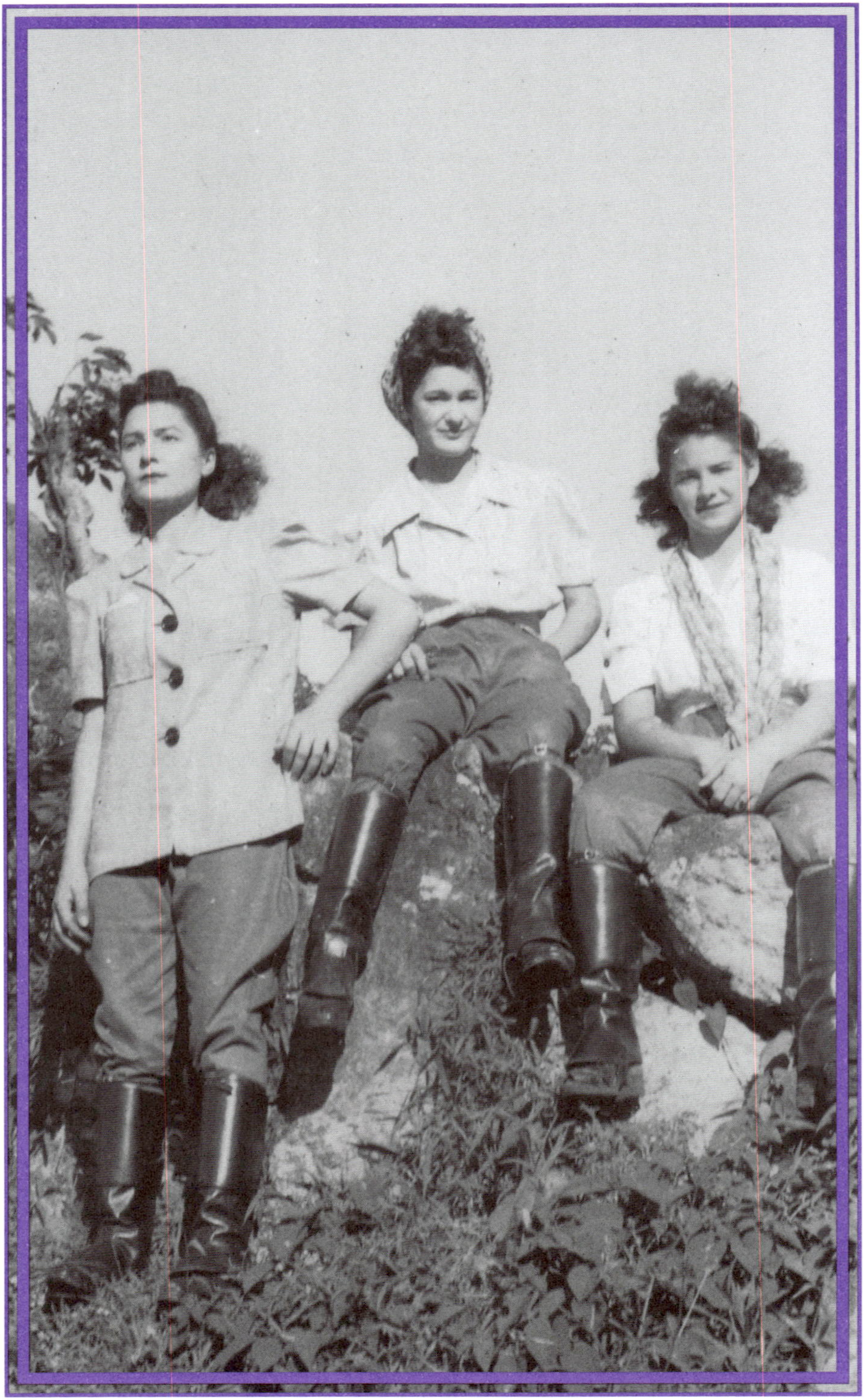

Irritado, Valdir andou em linha reta até perdê-las de vista. "Vendedor baixinho." Se soubessem que ele era investigador titular da polícia... Titular! Caçava criminosos! Mas Rosa o defendeu. Sim, defendeu. "Não zombe assim do moço." Sem dúvida, fora um sinal. Simpatizara com ele. Só esperava que ela tivesse imaginado que Valdir não usava, no dia a dia, aquele chapéu de palha ridículo.

Sentou-se para descansar. Já passava das três da tarde. Mais de seis horas perambulando por um matagal sem fim e o que conseguira? Nada, além das roupas inteiramente cobertas de poeira e carrapichos. Tanto o encontro com Navalha Sangrenta quanto com as três garotas não lançara qualquer luz sobre a investigação. Primeiro, Navalha confirmou a fama de não ser um cara a fim de papo. Aliás, bem longe disso. Quando abria a boca, era para perguntar algo. Depois, ainda que as jovens não se mostrassem tão arredias quanto o velho, Valdir ficara irritado com a gozação da baixinha e, envergonhado, acabou deixando-as sem nem sequer mencionar o nome de Lorde Creptum. Que, vale lembrar, só encontrara quando caminhava do estacionamento ao hotel, no dia anterior. Ou seja: dia perdido. Também, o que o comissário Dalmar queria? Valdir havia sido claro. Não se dava bem fora da cidade. Mas o chefe gorducho insistira e o resultado não podia ser outro: fracasso total. Para completar, não fazia ideia de como voltar ao hotel. Onde, aliás, o Gonçalves deveria estar se esbaldando num banho de piscina ou numa mesa de pingue-pongue.

Concluiu que era melhor continuar ali onde estava, sentado. Afinal, se andando não chegara a lugar nenhum, talvez parado a situação viesse a mudar.

Mesmo porque a pedra onde se apoiava era dura o suficiente para evitar que caísse no sono. Quem sabe Lorde Creptum não surgiria do nada, como fizeram seus companheiros? Valdir aplicaria, então, todas suas técnicas avançadas de interrogatório, desmascararia o vilão e salvaria as duas donzelas. Sem precisar sair do lugar. Sim, era exatamente o que iria fazer.

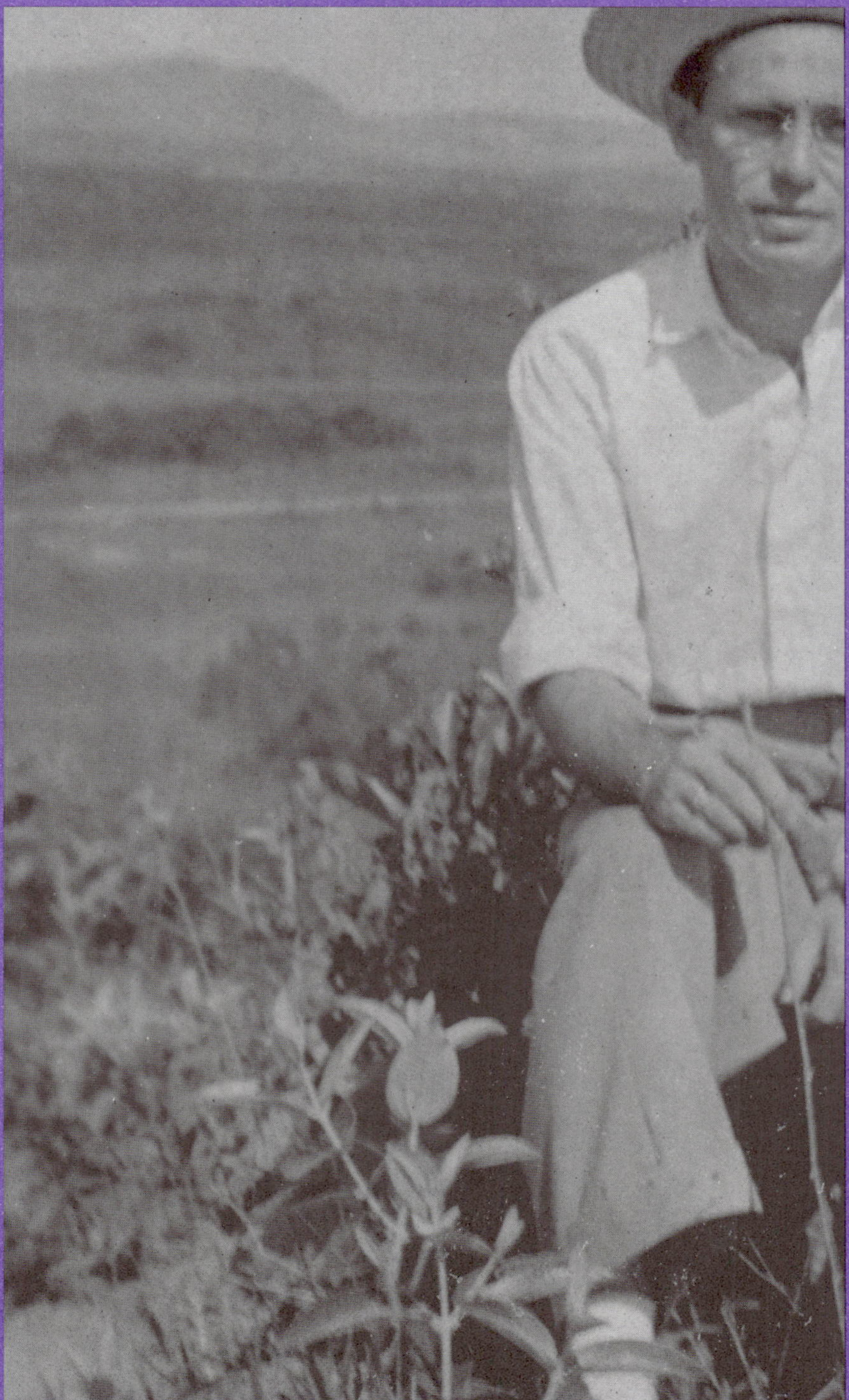

Seguiu em vigília até o cair da noite, mas nem sinal de Lorde Creptum ou de qualquer outra alma. Havia muitos mosquitos, verdade. Mas Valdir duvidava de que mosquitos tivessem alma. Por sorte, mal começara a escurecer, as luzes do hotel se acenderam longe, bem longe. E Valdir, finalmente, descobriu o rumo a tomar.

Sem pressa, levantou-se e seguiu em frente.

Em frente.

Em frente.

Alta noite, e ele ainda seguia em frente.

— Maldição! Esse hotel não chega nunca? Andei nem sei quantos quilômetros e as luzinhas continuam do mesmo tamanho! Sem contar que, neste breu, não conseguirei desviar caso alguma cobra se aproxiiiiiiiiiiiiiiiiiiiiiiiiiiiiiiiiiiiiiiiiiiiiiiiiiiiiiiiiiiiii iiiiiiiiiiiiiiiiiiiiiii...

O tombo foi feio. Valdir mal se deu conta do que acontecera até perceber, após segundos estatelado no chão, que escorregara em alguma coisa. Recuperou-se do susto, apoiou as duas mãos sobre o solo para que pudesse se levantar. Constatou, então, que a responsável pela queda fora uma poça. Uma grande poça. Fato bem estranho, dada a ausência de qualquer sinal de chuva. Além do mais, o líquido que esfregava entre seus dedos era muito pastoso para ser água. Ih... Será que algum cavalo fizera...? Não, não, não. Ele teria sentido o cheiro. Que alívio... Mas o que era, então? Estava tudo escuro, impossível enxergar. Pela consistência, parecia... Parecia... Sangue! Uma poça de sangue! Chegara tarde demais! Lorde Creptum cometera mais um monstruoso assassinato!

Agitado pela assombrosa suspeita, Valdir não reparou na pessoa que se aproximava, em silêncio, por trás dele. Nem quando esse vulto ergueu o braço direito e, com força, desferiu uma paulada na cabeça do investigador.

Ai.

Ai.

Que dor de, ai, cabeça terrível.

O que aconteceu? Onde, ai, está minha mesa? Só tem mato por, ai, aqui. E sol.

Ai. Muito sol.

Será que morri e fui para, ai, o inferno? Mas por quê? Sempre, ai, fui um cara certinho.

Ai.

Aos poucos, as lembranças voltaram a sua mente. A mais recente, a de que caminhava de volta ao hotel quando escorregara numa poça de sangue. Certamente alguém lhe golpeara a cabeça. Para causar aquele enorme galo, só podia ser isso. Uma tremenda bordoada. Quanto tempo ficara desacordado? Pelo menos doze horas, indicava o sol a pino. E era sangue mesmo no chão. Agora, seco. Mas, sem dúvida, sangue. Muito sangue. Precisava voltar correndo ao hotel. Correndo. Acionar Gonçalves e algemarem, imediatamente, o assassino Lorde Creptum. Claro, sabia da ausência de provas concretas. Porém tudo se encaixava com tamanha perfeição que era impossível tratar-se de mera coincidência. Não havia cadáver, mas esse era o padrão dos demais crimes do monstro. Assim como o riacho próximo, a vinte metros de onde Valdir se encontrava. Ninguém poderia questionar a ordem de prisão. Ninguém. Ainda com a cabeça a ponto de explodir, viu que, felizmente, na noite anterior alcançara um ponto de onde era possível enxergar o hotel, mesmo de dia. Precisava agir rápido. E deter, de uma vez por todas, aquele monstro.

— Nossa! O senhor está horrível!
— Não tenho tempo para bater papo, mocinha. Onde está o assassino?
— Todo amassado, um trapo. Andou bebendo?
— Fofura, não comece! Não comece! Onde está Lorde Creptum?
— Quem?
— Lorde Creptum, o assassino do lenço roxo.
— Ah, lenço roxo. O bonitão. Ih, nem me fale... Estou tão triste...
— Por quê?
— Foram embora hoje pela manhã.
— Embora?
— Sim, embora. Isto aqui é um hotel, senhor. As pessoas chegam, as pessoas vão embora...
— Para onde?
— Para a praia, pelo que sei. Santos. Ou São Vicente... Mas, estranho, quando vi o carro partindo havia apenas cinco pessoas, não sete. Bom, posso estar enganada...
— Não, mocinha. Infelizmente não está. Mais duas pobres garotas foram vítimas daquela aberração. Por favor, telefone para o quarto do Gonçalves. Peça a ele que desça, com as malas, agora.
— O Gonça? Também foi embora.
— "Gonça"?
— É dele que está falando, não? O homem que chegou junto com o senhor.
— Sim. GonçaLVES.
— O Gonça é tão divertido... Ao contrário do senhor, com esse jeitão azedo. Acredita que ontem ele vestiu uma fantasia de Zorro e passou horas contando piadas para os outros hóspedes na beira da piscina? Depois ainda organizou o bingo... Olhe, em dois anos

como recepcionista, nunca vi uma noite tão animada neste hotel... O senhor perdeu... Também, quem mandou ir para algum boteco, encher a cara?

— Encher a cara? Eu?

— Olhe-se no espelho. E não está com dor de cabeça? Para não tirar a mão da testa desse jeito...

— Estou. Tremenda dor.

— Pois é. Ressaca.

— Ressaca? Alguém me acertou por trás! Uma paulada!

— Se o senhor diz...

— Olhe, criatura, eu deveria prender você por desacato!

— Prender? Ora, desde quando vendedores de tinta prendem alguém?

— Eu não sou vendedor de tinta! Sou investigador titular da polícia! Titular!

— Ih... A bebedeira foi forte, hein? Investigador de polícia? O senhor?

— Chega! Por que o Gonçalves foi embora? Eu não lhe dei ordens para isso!

— O Gonça acreditava que o senhor havia voltado sem ele. De trem.

— E por que eu faria isso?

— Como vou saber? Não faz mesmo nenhum sentido. Mas ele deve estar acostumado com o senhor.

— Acostumado comigo?

— É. O senhor provavelmente apronta dessas sempre. Bebe além da conta, delira que é da polícia, faz coisas idiotas... Se eu fosse o Gonça, também teria ido embora.

— Sua sorte é que estou no encalço de um assassino. Senão, era cadeia, querida. Cadeia.

— Encalço de um assassino... Ai, ai. Cachaceiro

inventa cada uma, né? Cada uma... Um vendedor tampinha "no encalço de um assassino"...

— Pelo menos o Gonçalves deixou a minha mala, certo? Para eu mudar de roupa...

— Levou com ele.

— Levou?

— Levou.

Com o intuito de manter o bom nível desta narrativa, será omitida a enorme lista de palavrões que se seguiu.

Valdir precisava chegar ao litoral o quanto antes. Mas impossível encarar o resto do dia naquele estado. Foi, portanto, de trem até São Paulo. Se passou na delegacia para pedir reforços? Não, nem pensar. Primeiro, porque o comissário Dalmar iria infernizá-lo com o fracasso da missão no interior. Depois, não queria encontrar o "Zorro" nem pintado de ouro. Melhor descer sozinho a Serra do Mar, capturar Creptum e, aí sim, retornar em triunfo. Parou apenas em sua casa, para um banho e roupas limpas. Após breve análise parado em frente ao guarda-roupas, optou por vestir seu melhor terno. Afinal, a prisão do assassino que vinha aterrorizando as famílias paulistanas há meses certamente atrairia jornalistas. Cabia estar apresentável quando sua foto conduzindo o criminoso algemado estampasse as primeiras páginas. Além do mais, se iria encontrar o monstro, inevitável também encontrar Rosa. Parecia ser a ocasião perfeita para que ela descobrisse como Valdir, na verdade, vestia-se com elegância e apagar, assim, a imagem do vendedor jeca de chapeuzinho de palha que a garota encontrara em seu passeio a cavalo.

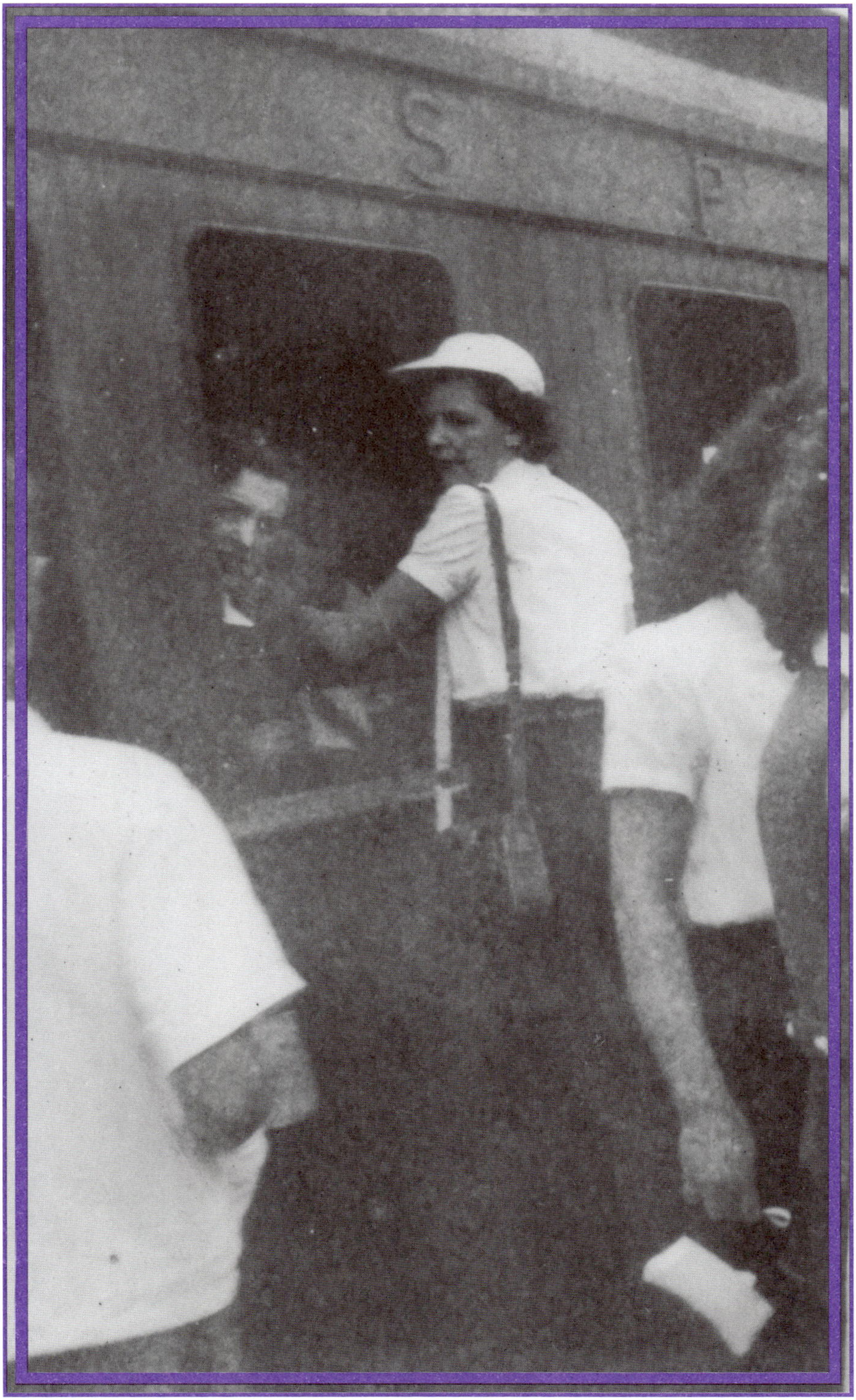

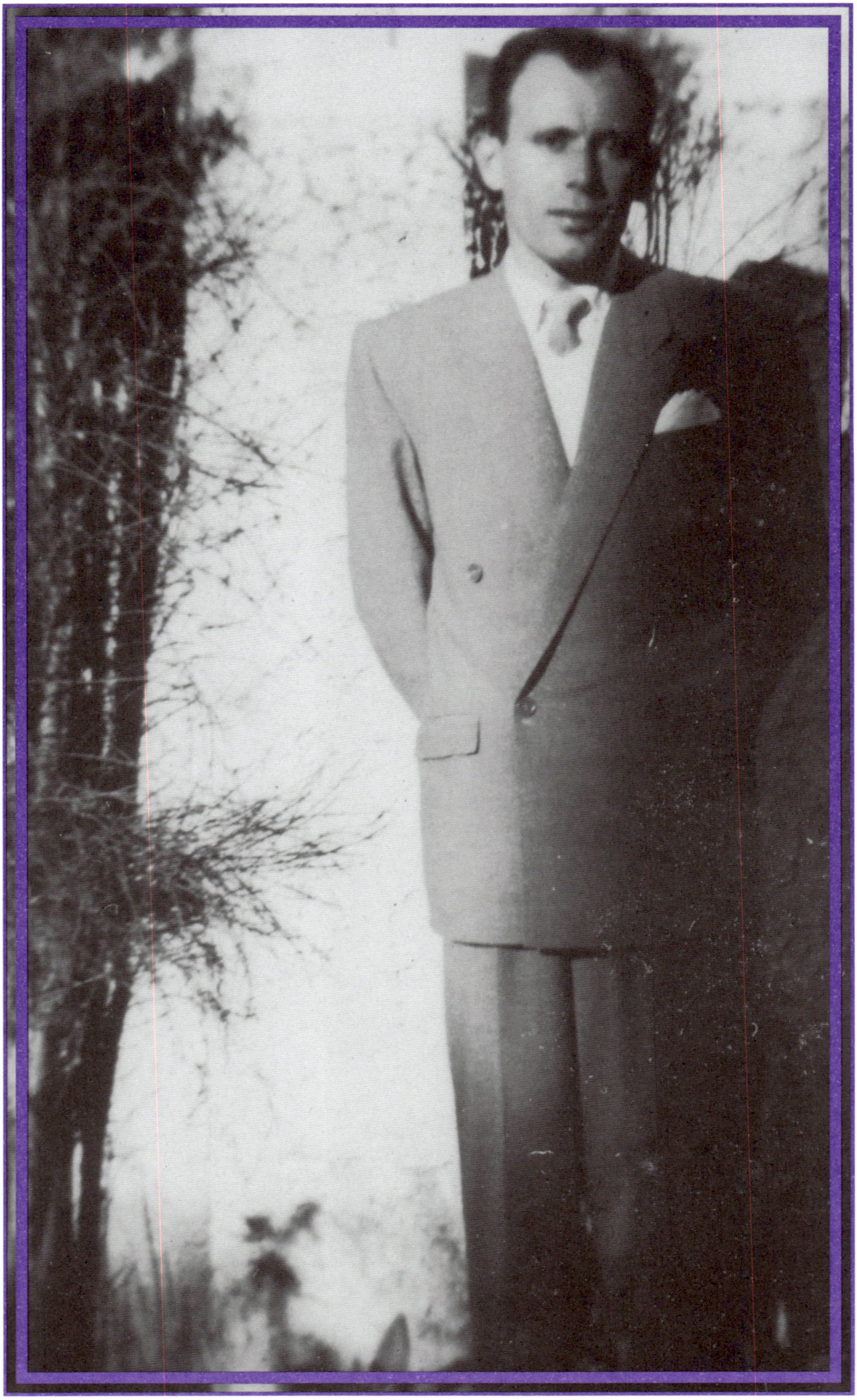

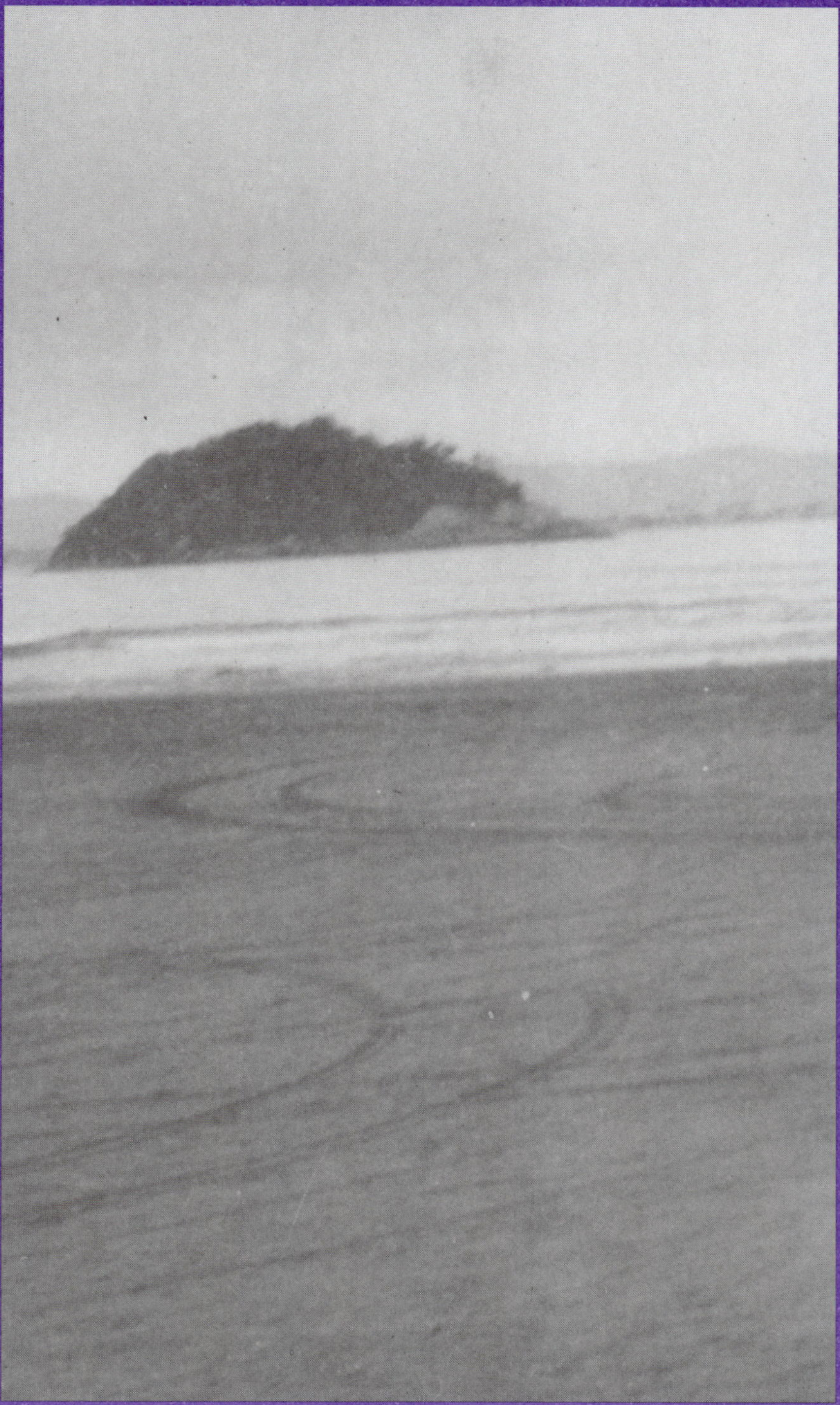

Por incrível que pareça, uma vez na Baixada Santista, não foi difícil encontrar o grupo. Após algumas poucas tentativas, deu de cara com Creptum, Navalha e as três meninas terminando um almoço na varanda do cassino da Ilha Porchat, à mesa com outras dez pessoas. Pelo tom animado da conversa, formavam um grupo bem próximo de amigos.

    Que vida mansa levava aquele pessoal... Impressionante. Passavam um tempo no campo, depois viajavam direto para a praia. Rosa devia estar acostumada ao luxo. A rotina de Valdir não era daquele jeito, não. Trabalhava, trabalhava, trabalhava e ia para casa. Todo dia. Aos finais de semana, nenhum passeio muito especial. No máximo um cineminha quando não havia plantão. Nada de restaurantes finos ou festas elegantes. Ela nunca aguentaria muito tempo ao lado de um pobretão como Valdir. Um cara comum, sem dinheiro para esbanjar nem conhecidos na alta sociedade. Mesmo o terno, sem dúvida o melhor que possuía, já vivera dias mais lustrosos. Como conseguiria presentear Rosa com as roupas finas a que estava acostumada? Não, não adiantava se encher de ilusões. Rosa não era para seu bico. Era tudo fantasia da cabeça dele. Tudo fantasia.

    De onde estava, ao pé da escadaria que levava à varanda, conseguia enxergá-la à mesa. Rindo, animada. Bem diferente do retrato de alguém que teve duas amigas assassinadas no dia anterior. Será que também estava envolvida? Ou não sabia das mortes? Rosa deveria, ao menos, achar estranho o fato de ambas não voltarem de Rio Preto no mesmo carro. A não ser, claro, que Creptum e Navalha tivessem inventado alguma história a fim de enganá-la. Bem possível, bem possível. E, fosse esse o caso, Rosa, Dirce e Araci corriam perigo. Quem iria salvá-las? Algum grã-fino? Não, não. Ele, Valdir Machado.

Subiu, decidido, os degraus que o levavam de encontro ao grupo e sentou-se à mesa bem ao lado. Assim que os olhos de Navalha Sangrenta pousaram, surpresos, sobre o vendedor de tintas que conhecera perdido no mato, todos ficaram em silêncio e viraram-se também para Valdir.

Um tanto constrangido, limitou-se a um breve cumprimento com a cabeça, como se o reencontro fortuito, a quatrocentos quilômetros de distância, fosse fato dos mais corriqueiros, e abriu o cardápio, fingindo escolher algo. Passado algum tempo, ouviu a conversa retomar o ritmo anterior e pôde, então, soltar disfarçadas olhadelas a fim de examinar a situação. Na cabeceira, Navalha comandava as ações. As três, Rosa, Araci e Dirce, estavam juntas, do lado direito. Valdir mal conseguiu identificar Lorde Creptum, ao fundo, na quina esquerda. Não só porque estava encoberto pelos demais, mas também por não trajar seu tradicional lenço roxo. Quanto às outras pessoas à mesa, nunca vira nenhuma delas. Pareciam comemorar algo, mas não conseguia descobrir exatamente o quê. Certamente, não os assassinatos. Porque nenhum criminoso, por mais cruel que seja, faz festa para celebrar um homicídio.

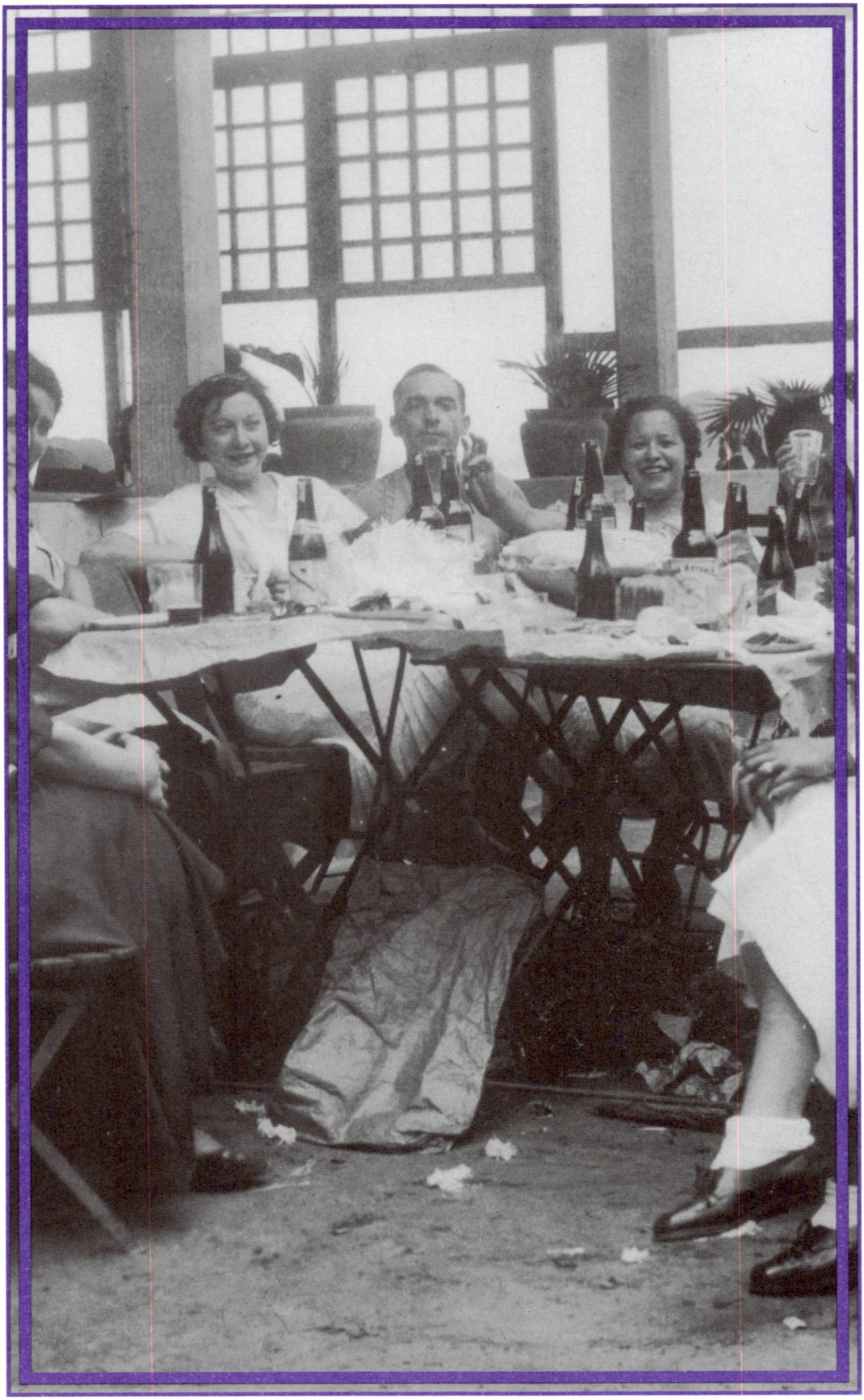

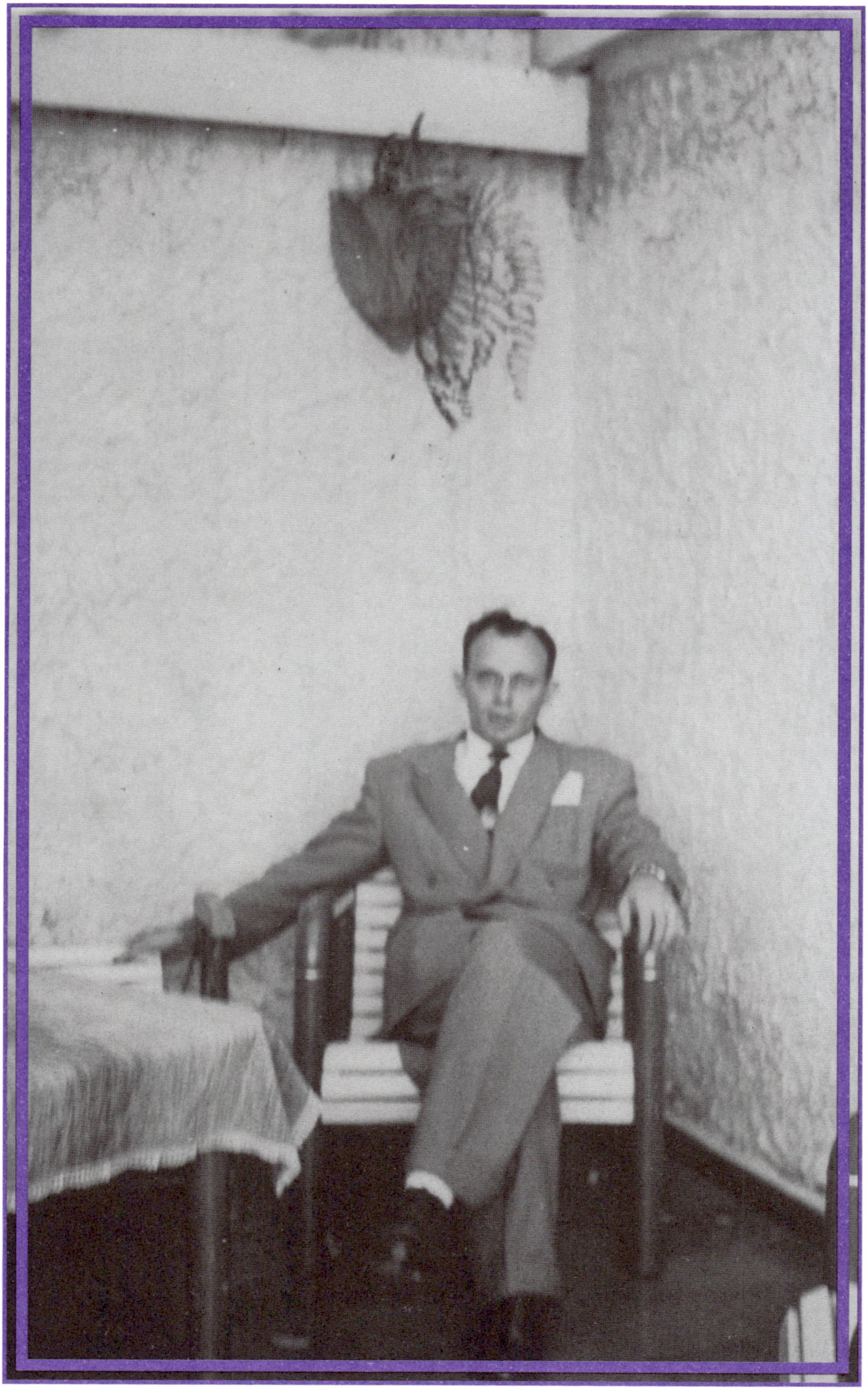

E agora? Qual seu plano de ação? Desta vez, trazia o revólver no coldre. Mas impossível, simplesmente, aproximar-se da mesa, sacá-lo e dar voz de prisão a Creptum. Era muita gente, causaria alvoroço. Creptum poderia escapar na confusão ou Valdir alvejar algum inocente. Melhor esperar até que todos se levantassem para ir embora. Conseguiria, então, abordar Lorde Creptum sem alarde nem risco. Chamou o garçom, pediu iscas de peixe ao molho tártaro e se ajeitou na cadeira. O galo em sua cabeça ainda doía. Qual daquelas pessoas teria sido responsável pela paulada que quase o mandara desta para melhor? Sim, porque certamente o agressor estava lá. Navalha? Creptum? Algum capanga?

Divagava teorias quando um homem magro de bigodinho, sentado entre Navalha e as meninas, levantou-se segurando algumas folhas de papel. Todos voltaram a fazer silêncio, mas, desta vez, não olharam para Valdir. Era um discurso.

— Caríssimos arcanjos e querubins! Que dia especial para todos nós! Sob o céu lazúli pincelado pela brisa oceânica. Atlântica. Pacífica. Ondas tingem as rochas em nuances de um grená vulcânico e anunciam a vida que pulsa neste istmo costeiro. Que pulsa nesta távola farta, nestas almas esmeraldinas. A generosidade do rubi, a exuberância da safira...

Valdir se impacientou. O cara falava, falava e não dizia nada. Para que tanto floreio?

— ... a timidez do zircônio. Odes à fartura, à bonança. Perfurados os meses de plantio, desfrutemos o regozijo da colheita. O tilintar da esperança que reluz e ousa vicejar o néctar imagético da primavera! Que nos arremessa, libertos, ao polinizar incessante das colinas do futuro. Das planícies da fé e dos lagos da compaixão! Arquivemos, nas gave-

tas da memória revestidas com betume, nossas mumunhas, nossos muxoxos. Outrossim, levantemos o queixo confiantes frente às formações inimigas. Bacamartes em riste, caravelas singrando as dificuldades, alvas velas içadas, tremulando, tremulando. Tambores do norte, noroeste e nor-noroeste! Trombetas do sul, sudeste e su-sudoeste! Soem! Soem! Sacudam o reduto dos ímpios, esvaziem o recanto persecutório dos saduceus! Olhemos com despeito a empáfia, o ronronar da Ursa Maior. Fujamos com telescópicas braçadas das garras daqueles que ....
....
....
....
....
....
....
....
....
....
....
....
....
....
— Senhor.
— O quê?
— Suas iscas.
— Iscas?
— Iscas. Iscas de peixe ao molho tártaro. Estão esfriando.
— Esfriando?
— Esfriando. Servi faz vinte minutos, não quis interromper seu cochilo. Mas, agora, o prato já está esfriando. Por isso achei melhor acordá-lo.

— Cochilo?

— Exato. O senhor vem cochilando há algum tempo.

Valdir saltou da cadeira com tamanha violência que quase derrubou o garçom. Não era possível! O insuportável discurso do magrelo o fizera pegar no sono. O sol começava a se pôr e, na mesa da frente, já não havia mais ninguém. Disparou escada abaixo, a tempo de observar Dirce e Araci entrando num carro preto. Ao volante, Lorde Creptum. Este lançou-lhe um olhar diabólico e, antes que o investigador conseguisse esboçar reação, saiu em disparada pela areia da praia.

Desolado, Valdir sentou-se no meio-fio. Havia falhado. Pela segunda vez consecutiva, havia falhado.

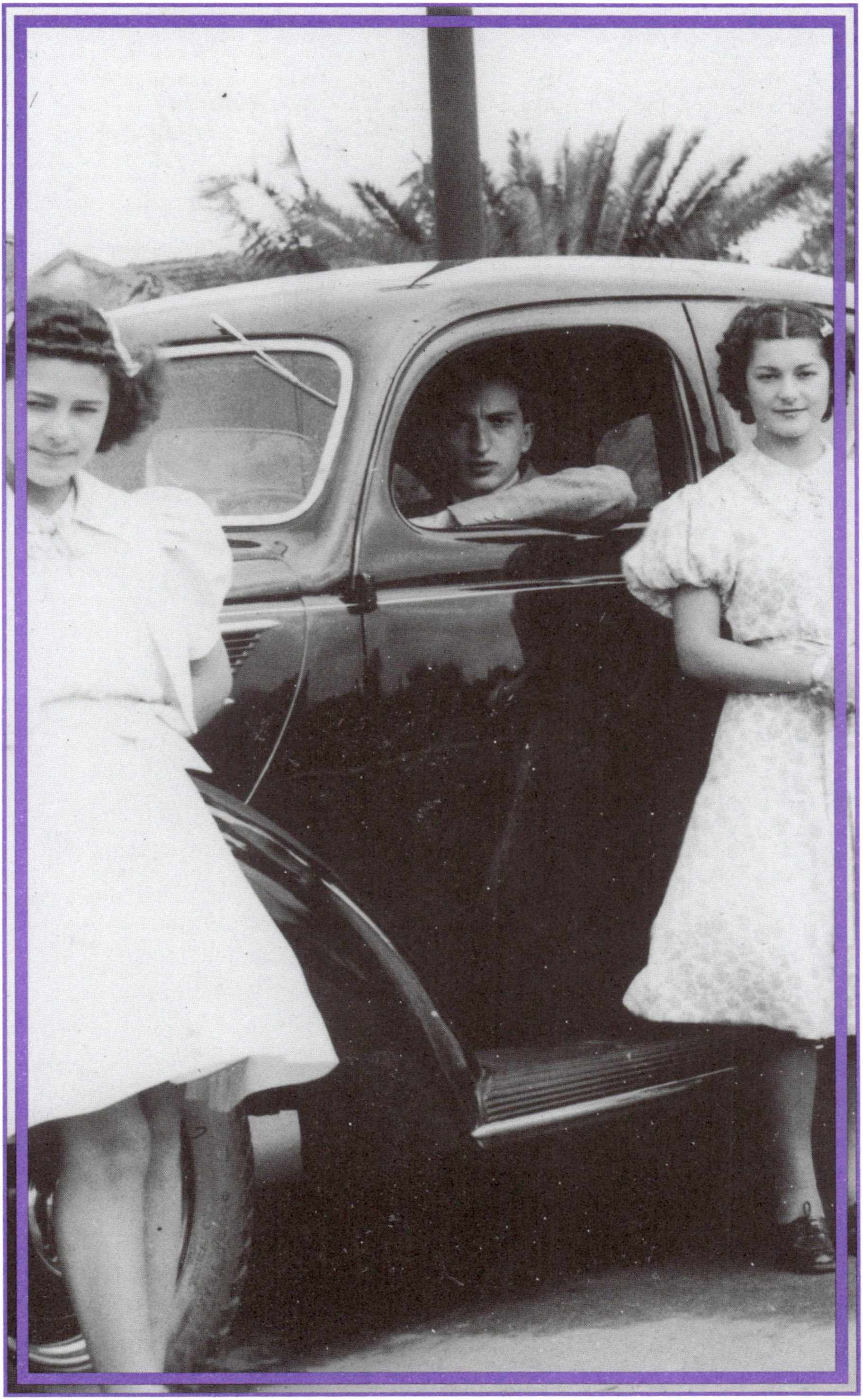

— A praia à noite é tão linda, não acha, Araci?
— Nada é mais lindo, Dirce. Nada. Ainda mais deserta desse jeito.
— Só mesmo o Lorde para descobrir lugares assim. Parece que existem coisas que só ele sabe, mais ninguém.
— É verdade. Aliás, onde ele se meteu? Faz meia hora que disse que iria caminhar até as pedras...
— Não se preocupe. Já, já volta. Basta ficarmos aqui, perto do carro, para não nos desencontrarmos. Ele é sempre assim, você deveria estar acostumada.
— Verdade... Viu aquele vendedor baixinho no restaurante?
— Vi. Coincidência, não?
— Muita! Encontrá-lo dois dias seguidos, a primeira vez no meio do mato, a outra aqui!
— Será mesmo coincidência?
— Acho que sim. Se quisesse algo conosco, teria se sentado à mesa. Além do que, ninguém parecia conhecê-lo.
— É... Hoje estava menos atrapalhado do que no campo. Mas parece ser daqueles tipos sempre desajeitados, não importa se de terno ou chapéu de palha... Notou como ele anda? Tão engraçado, parece bonequinho de corda... Tec Tec Tec Tec Tec Tec... E pegou no sono no meio do discurso do Miguelzinho! Você reparou?
— Não!
— Dormiu.
— Mas quem aguenta aqueles discursos? Misericórdia... Confesso que não entendo uma só palavra do que o Miguelzinho diz.
— Eu também não. Mas ele fala bonito.
— De que adianta, se não dá para entender?

— Talvez seja algo muito acima da nossa capacidade...
— Duvido. Nunca vi ninguém comentar algo sobre os discursos dele diferente de "que palavras bonitas".
— Bom, é alguma coisa.
— O quê?
— As palavras bonitas. Já são alguma coisa.
— Não acho. Se não fazem sentido, tanto faz serem belas ou feias... Ou a gente compreende o sentido de algo, ou esse algo é inútil. Aliás, falando em inútil, qual a desculpa de Rosa para não vir desta vez?
— Sono.
— Impressionante, não? Ela sempre dá um jeito de ficar em casa.
— Deixe ela.
— Deixo, deixo sim. Só estou comentando.
— Mesmo porque ontem ela nos acompanhou no passeio a cavalo. E não reclamou de nada.
— Eu sei.
— É o jeito dela.
— Eu sei.

Sentadas à beira-mar, notaram uma sombra crescendo na areia, desenhada pela luz da lua. Viraram-se, imaginando tratar-se de Lorde Creptum retornando de sua caminhada. Mas o que se projetava sobre elas era algo bem diferente. Não apenas de Creptum, mas de tudo o que jamais haviam visto. Uma criatura horrorosa. Nem homem nem mulher. Mais de três metros de altura, o corpo cheio de pelos. Em vez de pernas, barbatanas. Apavoradas, não conseguiram se mover. Ou gritar. Apenas observaram a criatura se aproximando. Mais e mais perto.

Foi a última visão de Dirce e Araci em suas vidas.

1564

Cap. 9.

Do monstro marinho que se matou na Capitania de São Vicente no ano de 1564.

Na capitania de São Vicente, sendo já alta noite a horas em que todos começavam de se entregar ao sono, acertou de sair fora de casa uma índia escrava do capitão: a qual lançando os olhos a uma várzea que está pegada com o mar, e com a povoação da mesma capitania, viu andar nela este monstro, movendo-se de uma parte para outra, com passos e meneios desviados, e dando alguns urros de quando em quando tão feios, que como pasmada e quase fora de si, se veio ao filho do mesmo capitão, cujo nome era Baltasar Ferreira, e lhe deu conta do que vira, parecendo-lhe que era alguma visão diabólica.

Mas como ele fosse homem não menos sisudo do que esforçado, e esta gente da terra seja digna de pouco crédito, não lhe deu logo muito a suas palavras, e deixando-se estar na cama, a tornou outra vez a mandar fora dizendo-lhe que se afirmasse bem no que era. E obedecendo a índia a seu mandado foi: e tornou mais espantada, afirmando-lhe e repetindo-lhe uma vez e outra, que andava ali uma coisa tão feia, que não podia ser senão o demônio. Então se levantou ele muito depressa, e lançou mão a uma espada que tinha junto de si, com a qual botou somente em camisa pela porta fora, tendo para si (quando muito) que seria algum tigre, ou outro animal da terra conhecido, com a vista do qual se desenganasse do que a índia lhe queria persuadir. E pondo os olhos naquela parte que ela lhe assinalou, viu confusamente o vulto do monstro ao longo da praia, sem poder divisar o que era por causa da noite lhe impedir e o monstro tambem ser coisa não vista, e fora do parecer de todos os outros animais. E chegando-se um pouco mais a ele para que melhor se pudesse ajudar da vista, foi sentido do mesmo monstro: o qual é levantado a cabeça, tanto que o viu, começou de caminhar para o mar de onde viera. Nisto conheceu o mancebo que era aquilo coisa do mar, e antes que nele se metesse, acudiu com muita presteza a tomar-lhe a dianteira. E vendo o monstro que ele lhe embargara o caminho, levantou-se direito para cima como um homem, fincado sobre as barbatanas do rabo, e estando assim a par com ele, deu-lhe uma estocada pela barriga, e dando-lhe no mesmo instante se desviou para uma parte com tanta velocidade, que não pôde o Monstro levá-lo debaixo de si: porém não pouco afrontado, porque o grande torno de sangue que saiu da ferida, lhe deu no rosto com tanta força que quase ficou sem nenhuma vista.

E tanto que o Monstro se lançou em terra deixando o caminho que levava, e assim ferido urrando com a boca aberta sem nenhum medo, remeteu a ele, e indo para o tragar a unhas e a dentes, deu-lhe na cabeça uma cutilada muito grande: com a qual ficou já muito débil, e deixando sua vã porfia, tornou então a caminhar outra vez para o mar. Neste tempo acudiram alguns escravos aos gritos da índia que estava em vela: e chegando a ele o tomaram todos já quase morto, e dali o levaram dentro à povoação, onde esteve o dia seguinte à vista de toda gente da terra. E com este mancebo se haver mostrado neste caso tão animoso como se mostrou e ser tido na terra por muito esforçado, saiu todavia desta batalha tão sem alento, e com a visão deste medonho animal ficou tão perturbado e suspenso, que perguntando-lhe o pai, que era o que lhe havia sucedido, não lhe pôde responder: e assim esteve como assombrado sem falar coisa alguma por um grande espaço. O retrato desse monstro, é este que no fim do presente capítulo se mostra, tirado pelo natural. Era quinze palmos de comprido e semeado de cabelos pelo corpo, e no focinho tinha umas sedas muito grandes como bigodes. Os índios da terra lhe chamam em sua língua Hipupiára, que quer dizer demônio da água. Alguns como este se viram já nestas partes: mas acham-se raramente. E assim também deve de haver outros muitos monstros de diversos pareceres, que no abismo desse largo e espantoso mar se escondem, de não menos estranheza e admiração: e tudo se pode crer por difícil que pareça: porque os segredos da natureza não foram revelados todos ao homem, para que com razão possa negar, e ter por impossível as coisas que não viu, nem de que nunca teve notícia.

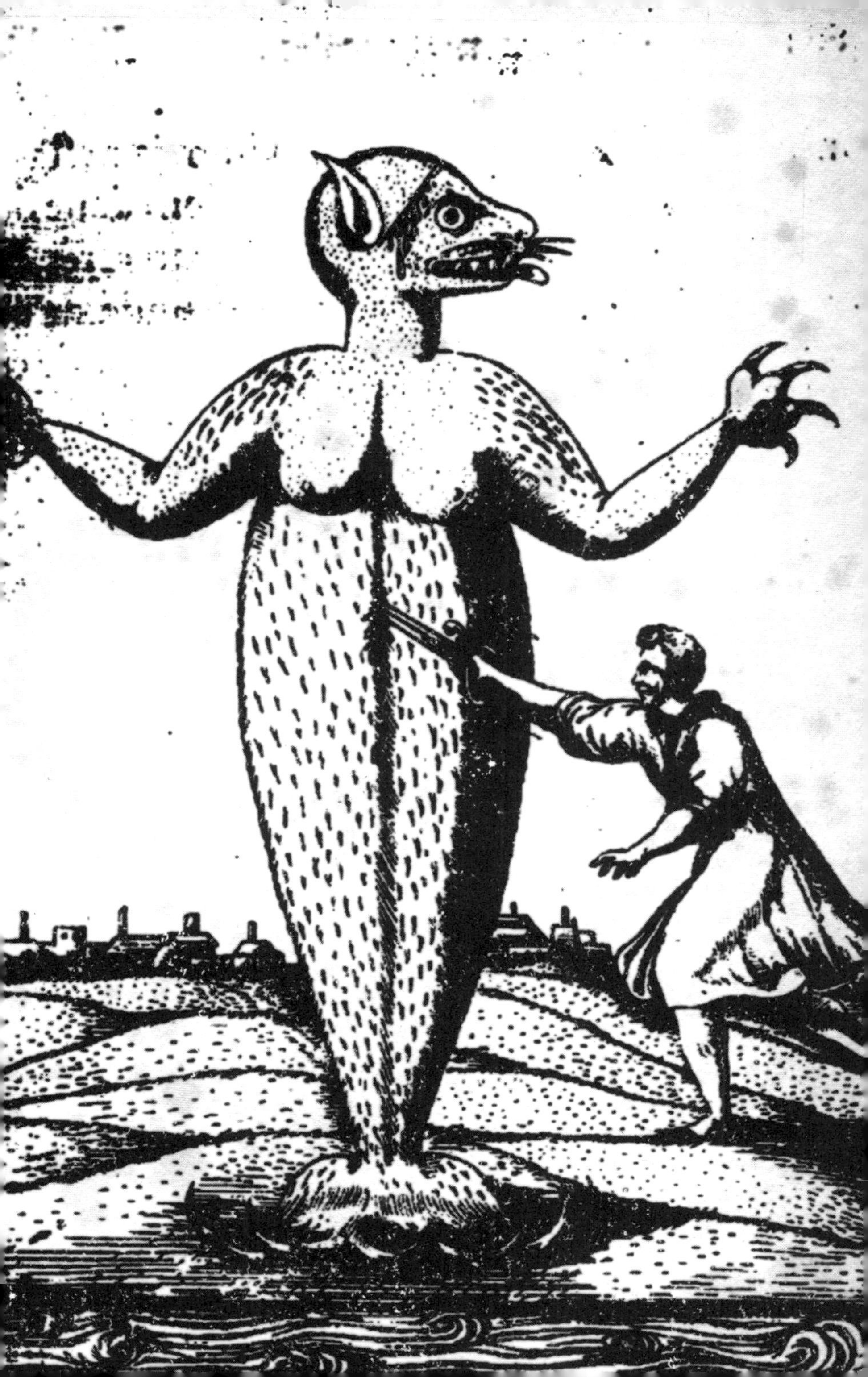

VOCÊ É ALGUÉM

Por MARGARET STEEN
autora de "The Sun Is My Undoing"

"A verdadeira grandeza é como uma moeda — de um lado glória e exaltação, de outro humildade".

A muitos anos, sendo eu ainda uma pequena colegial, escrevi essa pequena sentença num livro de menina.. Agora, passado tanto tempo, encontrei nisso a verdadeira pedra de toque dos valores. Só aquéles que tiveram muitas difíceis experiências podem saber quão forte é a tentação de buscar vantagem dos privilégios que se seguem com o envolvimento, em qualquer sentido. Quando essa tentação me assaltou, também, inconscientemente e sem mesmo esperar, ocorreram fatos que me removeram das fileiras imensas dos obscuros, para tripara a pequena categoria dos que são classificados como "bem conhecidos". Se, então, não perdi completamente a cabeça, deve ter sido porque em toda a minha vida, tive o privilégio de conhecer dúzias de verdadeiros "Alguém", o que me deu uma visão real perspectiva da celebridade. [...] todos os acontecimentos pude distinguir entre realidade e genuina grandeza, tudo bem claro em meu [...]

[text partially obscured by overlaid illustration]

1946

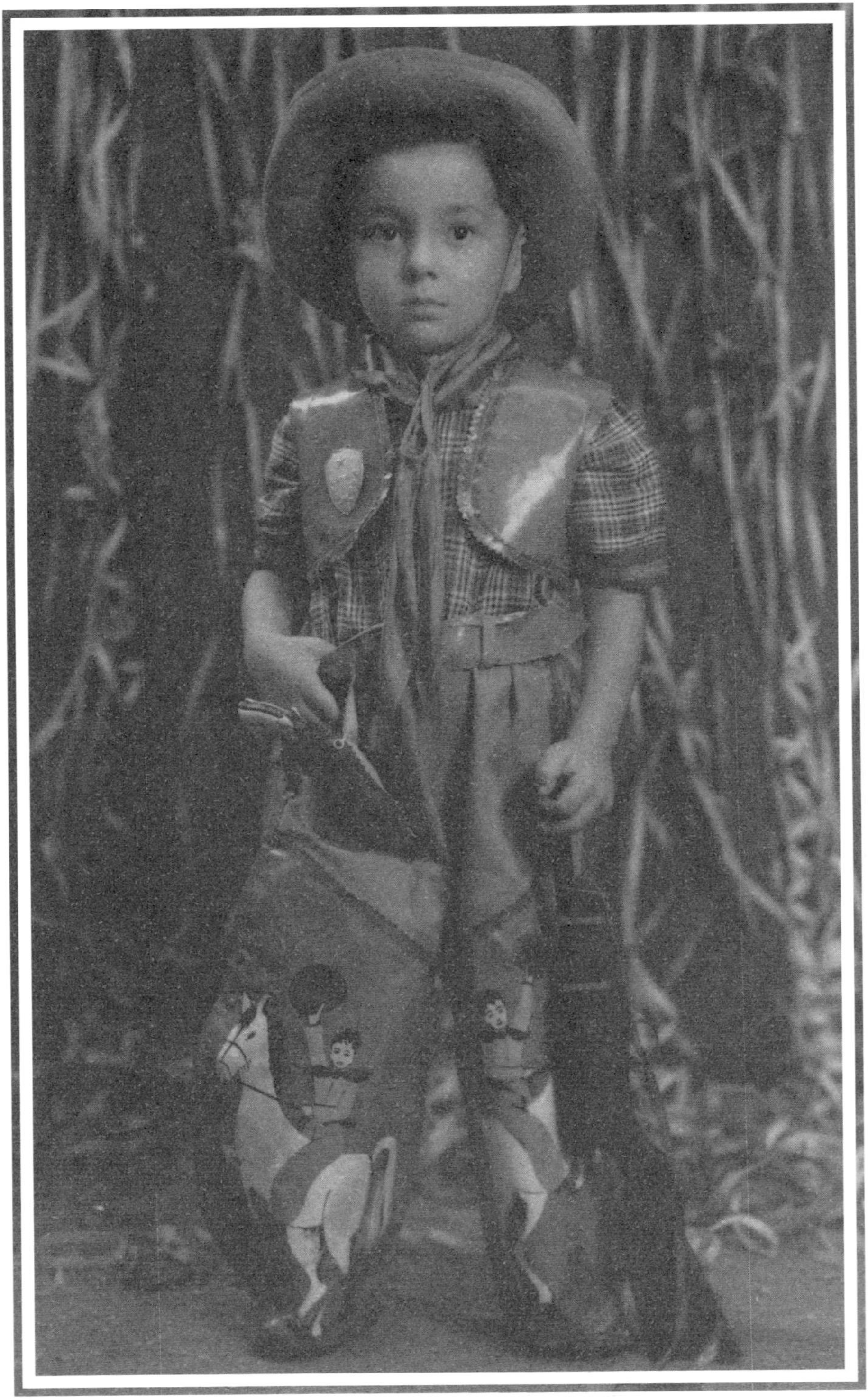

Meu nome é Submarino Gonçalves. Assim como meu pai, passo o dia prendendo bandidos, criminosos e facínoras, além de homens maus em geral. Ainda não trabalhamos juntos, mas meu plano é seguir demonstrando a ele ser um rapaz destemido e competente para, ano que vem, quando completo sete anos, virar seu parceiro e passar a acompanhá-lo diariamente nas rondas. Moramos nós dois, junto com minha mãe, Pochete Cristina. Há três anos ela foi viajar e ainda não voltou. Quando conto isso a meus amigos, eles riem. Perguntam aonde ela foi. "Para a Lua?" Eu não sei para onde ela foi. Eles seguem rindo. "Lá em casa comentam que ela fugiu com um músico da noite." Não fugiu. Ela está viajando e vai voltar. Foi o que meu pai me disse. E eu acredito nele.

  Além de caçar ladrões, também passeamos e lavamos louça. Mais louça do que passeios, é verdade, ainda que eu preferisse o contrário. Mas meu pai afirma que não nascemos em berço de ouro. Que precisamos nos esforçar. Perseverar. Perseverar sempre, nunca desistir. Eu acredito nele. E, depois que ele me explicou o que significava a palavra, persevero.

  Minha avó aparece de tempos em tempos. Sempre traz soda limonada. Gostaria que viesse mais vezes, mas ela mora em Minas Gerais, bem longe daqui. Comenta que meu pai anda muito cabisbaixo, que precisa se animar e seguir em frente. Ele pede a ela que não se preocupe. Está tudo bem, só um dia duro na delegacia.

  Faz algum tempo, enquanto eu perseguia uma quadrilha perigosíssima dentro do armário de quinquilharias no depósito, encontrei uma fantasia de Zorro empoeirada. À noite, perguntei a meu pai se era dele. E se ele era, na verdade, o Zorro. Mas me respondeu que não. Nenhuma das duas coisas. Hoje é um dia muito especial para nós. Receberemos uma visita. Como minha avó não pode ser considerada uma, pois é da família, esta é a primeira vez que teremos visita em casa. Por isso a bandeja de empadinhas na mesa da sala. Comi três, mas redistribuí as restantes para disfarçar. Acho que ninguém vai reparar. Meu pai está de plantão neste sábado, então me pediu que atendesse a campainha quando ela tocasse, lá pelas quatro horas. Que fosse atencioso e educado. Meu pai não vai demorar, foi o que me disse. No máximo às cinco e meia estará aqui também. Insistiu para que deixássemos ao menos quatro empadas para ele. Respondi que garantiria a minha parte. Mas não sabia quanto meu padrinho comia. E se ele atacar os salgadinhos? O que devo fazer? Impedi-lo? Meu pai riu e disse que meu padrinho não faria isso.

    Quinze para as quatro, enquanto encurralava um marciano no quintal, ouvi a campainha. Antes de abrir, olhei pela janela para me certificar de que não se tratava de uma tropa de reforços enviada por Marte. Mas o homem encostado no carro não parecia nenhum extraterrestre. Devia ser, portanto, meu padrinho.

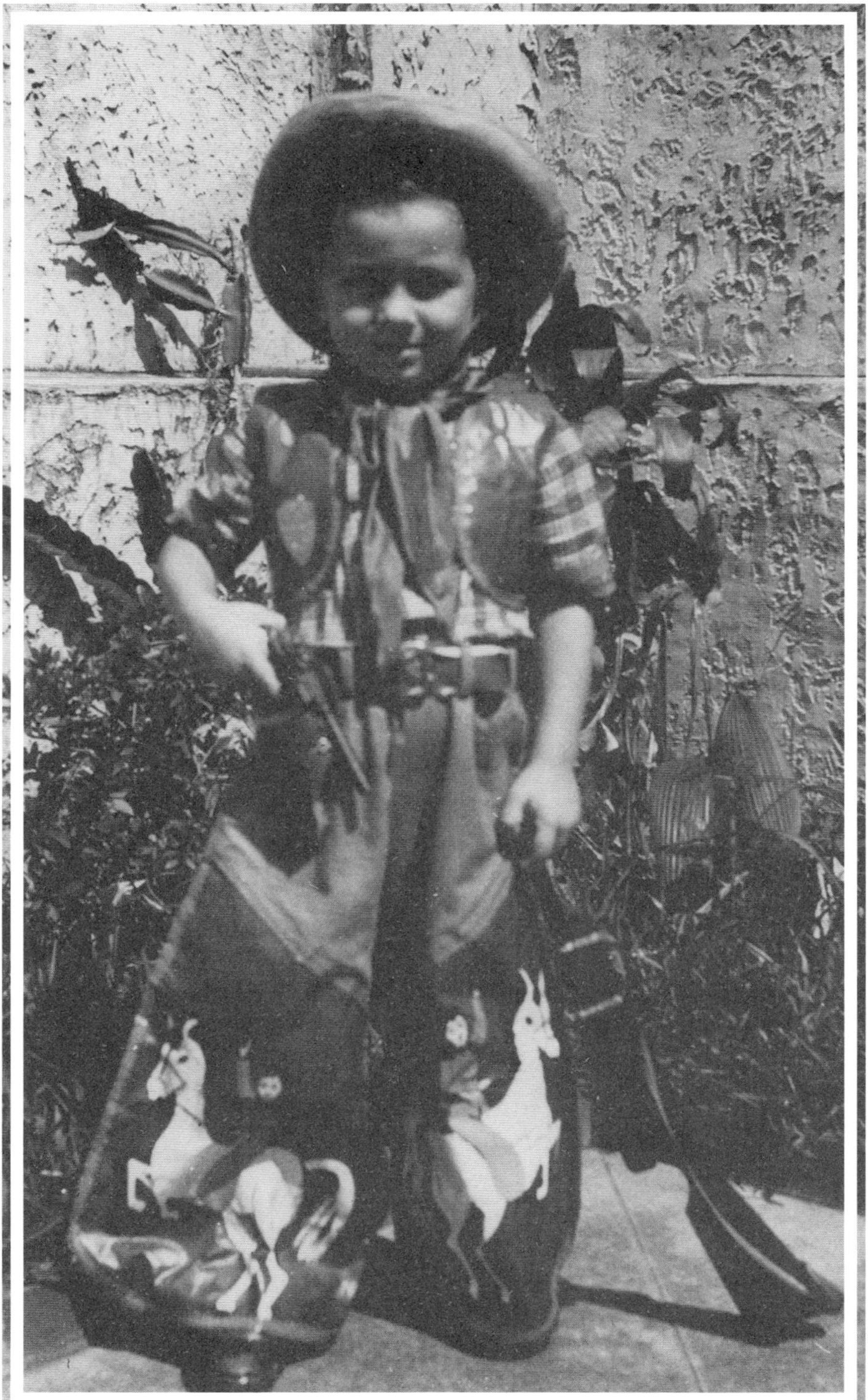

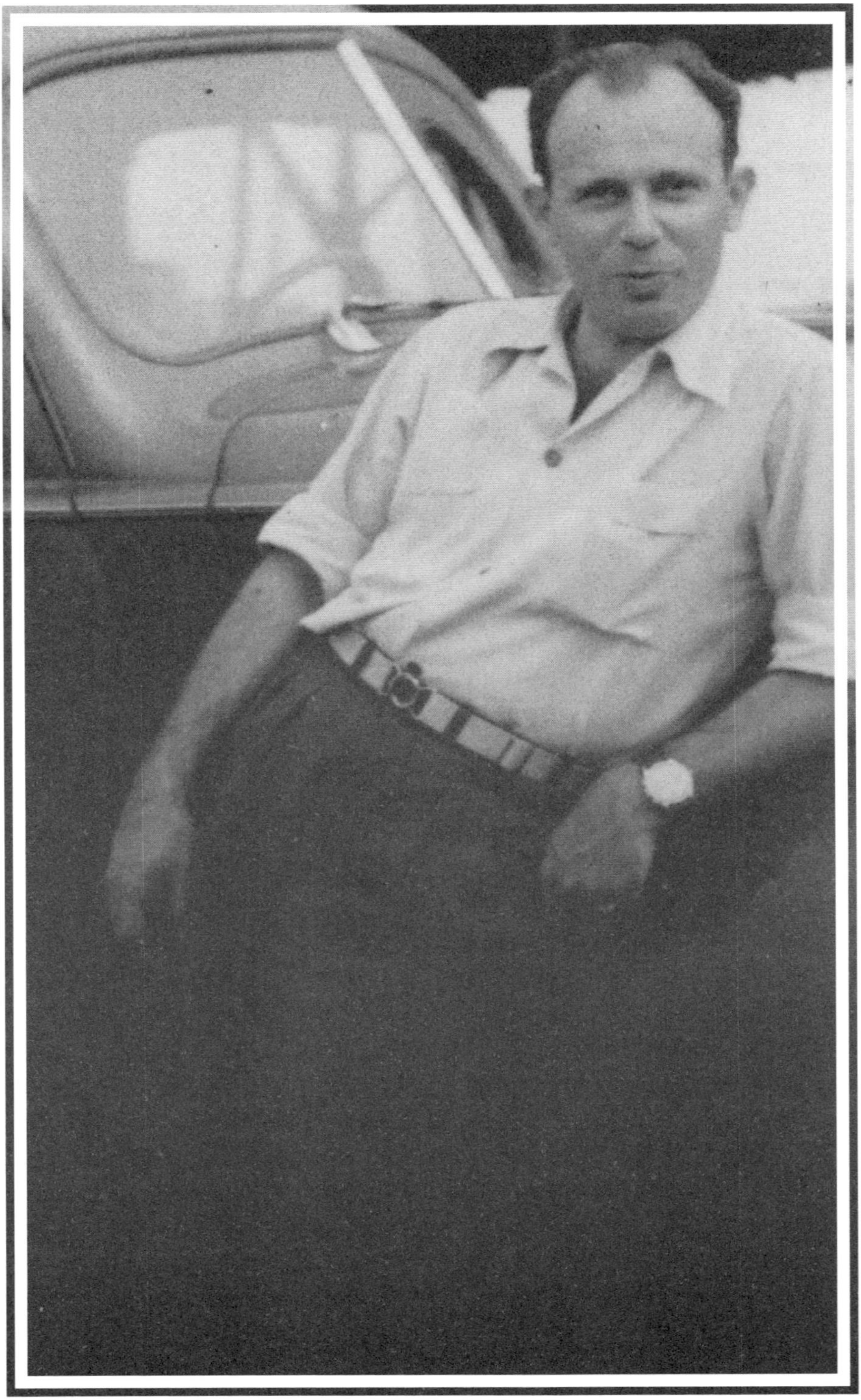

— Como você está grande!

Achei estranho o comentário, pois ele era muito maior do que eu. Apesar de bem mais baixo do que meu pai.

— Você sabe quem eu sou?

— Sim. Meu padrinho.

— Seu padrinho.

Estendi a mão para cumprimentá-lo:

— Muito prazer. Sou Submarino Gonçalves, seu afilhado.

Ele sorriu:

— Valdir, seu padrinho.

— O senhor quer entrar? Temos empadinhas. Mas o senhor só poderá comer cinco, pois meu pai pediu que deixássemos quatro para ele.

— Só cinco, prometo!

Acomodei-o no sofá maior e lhe ofereci a bandeja de empadas.

— Quer beber alguma coisa?

— Água.

— Só um minuto, por favor.

Enchi um copo, entreguei a ele e me sentei a sua frente.

— Bonita roupa, Submarino. Você é um cowboy?

— Sim. Combato o crime.

— Combate?

— Sim. Eu e meu pai. Ano que vem seremos parceiros.

— Verdade?

— Sim. E o senhor? Também é policial?

— Eu? Não, não. Trabalho numa gráfica. Gráfica Saturno, no Ipiranga, não sei se já ouviu falar.

— Não.

— Imaginei.

— Como o senhor conheceu meu pai?
— Não precisa me chamar de senhor.
— Não?
— Não.
— Mas não é mais educado chamar alguém de "senhor" em vez de "você"?
— Pode até ser. Mas me chame de Valdir. Ou tio Valdir.
— Tio? Você é meu tio?
— Sou seu padrinho. Pode ser considerado como uma espécie de tio, não?
— Acho que sim. Então, como conheceu meu pai, tio Valdir?
— Na verdade, já fui policial. Trabalhei junto com ele durante uns bons anos.
— Verdade? Meu pai é o melhor policial do mundo.
— O melhor. Sem dúvida, o melhor.
— Eu sei. Por isso quero ser seu parceiro no ano que vem. Também sou muito bom. Hoje mesmo, para o senhor ter uma ideia, impedi que a Terra fosse invadida por marcianos.
— Não!
— Juro. Eles desceram a nave espacial bem aqui, no quintal. Mas dei cabo de todos.
— Com esse seu revólver?
— Foi. Mais de vinte. Eram verdes!
— E você os enfrentou sozinho?
— Sozinho, tio Valdir. Meu pai deve enfrentar muito mais, não?
— Muito mais.
— Por que o senhor não é mais policial?
— Eu desisti, faz seis anos. Um mês antes de você nascer.

— Quer mais uma empadinha? Só comeu uma... Por que desistiu?

— Quero, quero sim, por favor. Aquela mais douradinha lá na ponta. Isso, essa daí.

Antes que tio Valdir pudesse responder por que saíra da polícia, meu pai abriu a porta e sorriu, como há tempos eu não via.

— Valdir!

— Gonçalves!

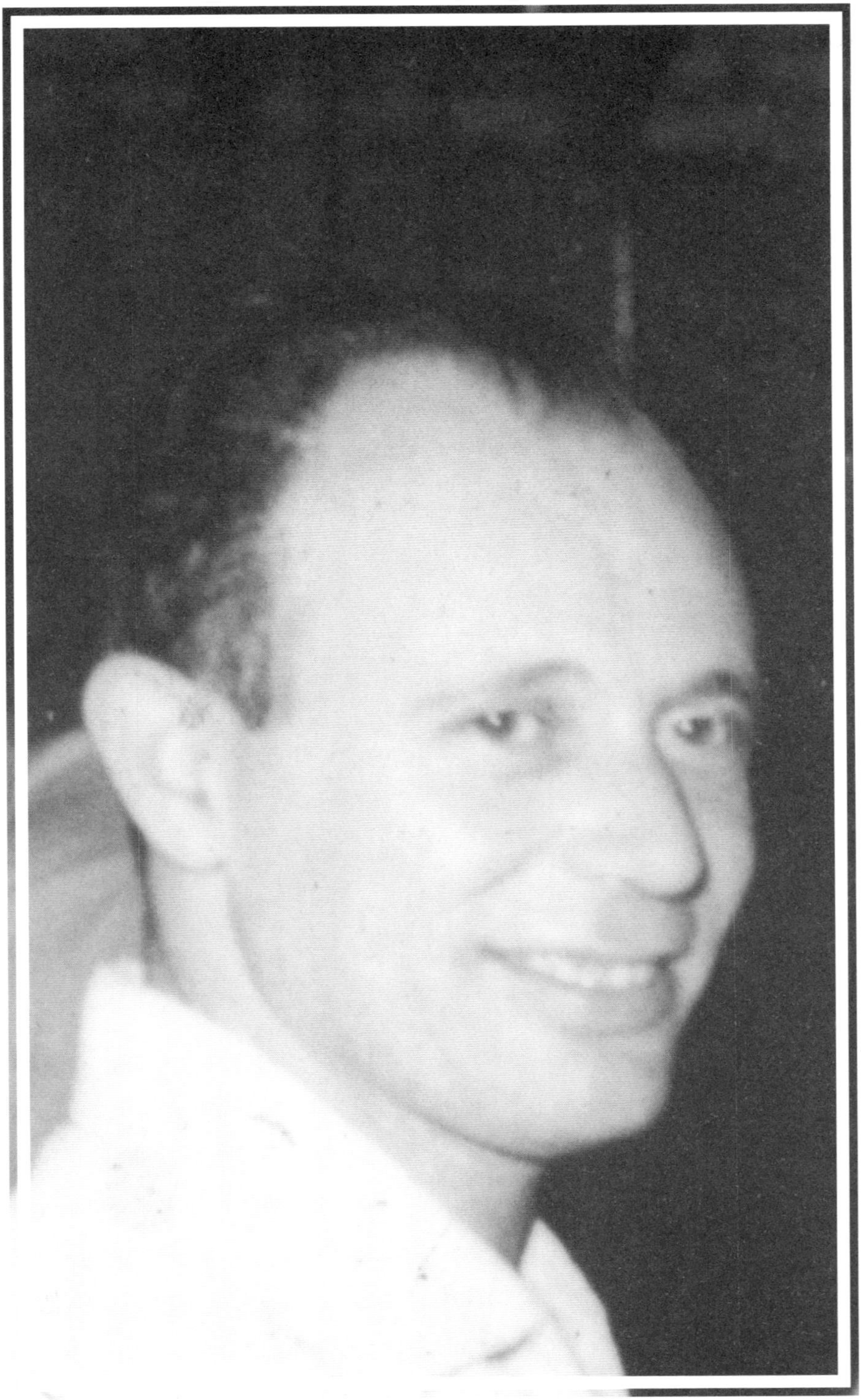

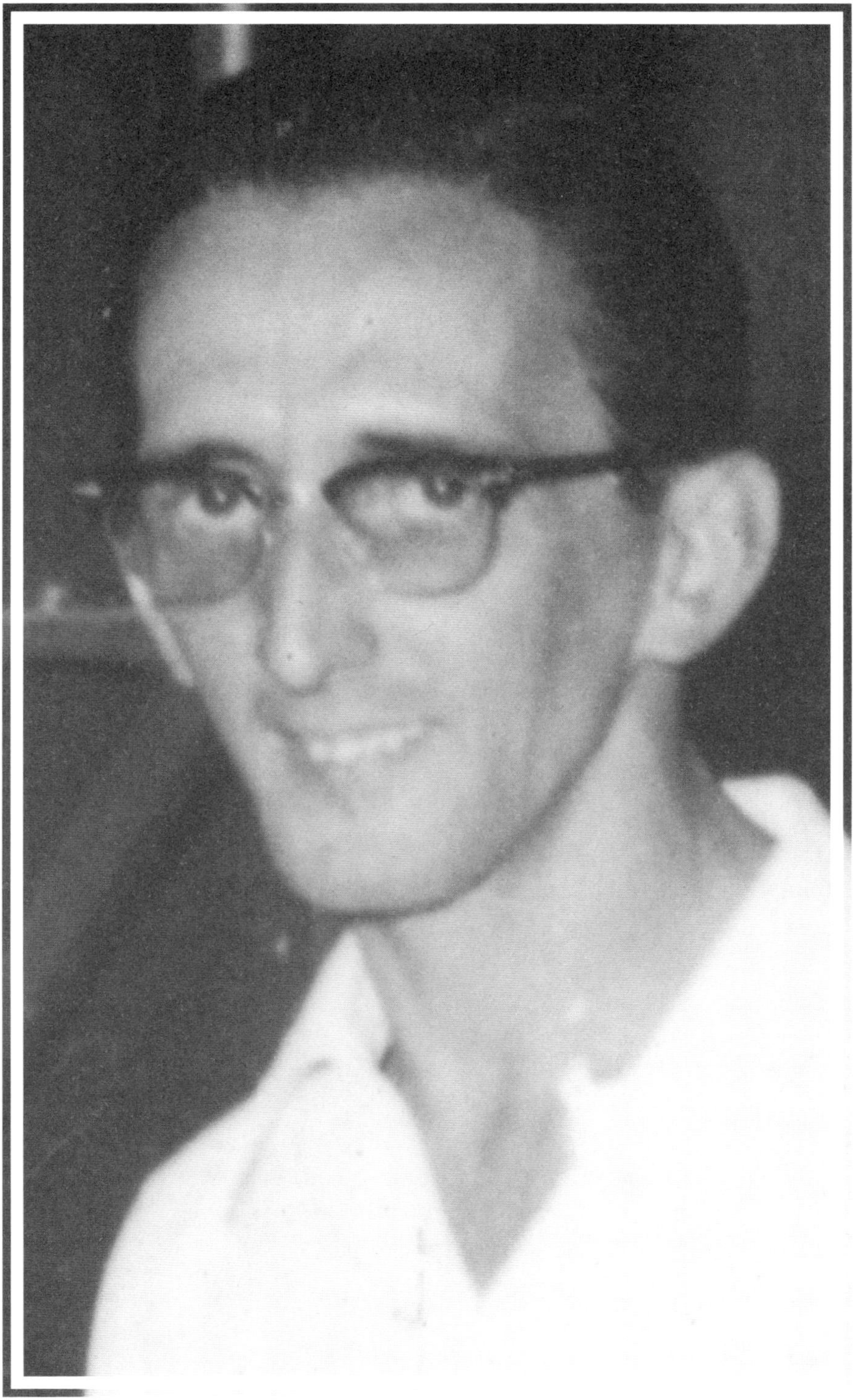

— Quanto tempo, meu velho!
— Quanto tempo mesmo! É bom revê-lo...
Demoraram-se num longo e caloroso aperto de mão.
— Pode me colocar a par de todas as novidades!
— Nenhuma grande novidade, não, Valdir...
— Como anda a vida na delegacia?
— Ah, a mesma coisa de sempre...
— A múmia do Dalmar ainda está por lá?
— Aquele lá só larga o cargo dentro de um caixão...
— E o meninão aqui, hein? — Tio Valdir virou-se na minha direção.
— Está bonito, não? E é esperto que só ele. — Meu pai sorriu orgulhoso para, em seguida, retomar aquele olhar perdido que eu conhecia tão bem — A Pochete...
— Eu soube.
— Eu não entendo, Valdir. Não entendo o porquê... Eu fazia tudo para ela. Tudo...
— Algumas coisas a gente não explica, Gonçalves. Simplesmente acontecem.
— Simplesmente acontecem... Num dia está tudo bem, no outro... E você? Nunca se casou?
— Não. Nunca.
— Por quê?
— Acho que não encontrei a pessoa certa, só isso.
— Entendi... Eu encontrei. Mas ela foi embora.
— Ei! Nada de tristeza hoje, Gonçalves! Afinal, há quanto tempo não nos vemos? Vai, pega uma empadinha. O Submarino me disse que você exigiu que lhe deixássemos uma empadinha!
— Uma não, quatro — corrigi.
— Vou pegar, sim. Você comeu, Valdir?

— Comi.
— Boa, não? Uma vizinha aqui da esquina é quem faz.
— Muito boa.
— A coxinha dela é espetacular também. Vou encomendar algumas para a próxima vez que vier. Faz o quê? Cinco, seis anos que não nos encontramos?
— Por aí. Depois do batizado do Submarino, houve aquela vez na cidade.
— É. Eu estava indo comprar um vestido para a minha...
— Ei! Ei!
— Desculpe. Mas, enfim, foi a última vez que nos vimos. Você precisa aparecer mais. O Submarino ficou tão contente que iria conhecer o padrinho. Não ficou, filhão?
— Fiquei sim, pai. Muito contente.
— Eu sei, Gonçalves. Você está certo. Mas não foram anos fáceis. Eu precisava me afastar de tudo depois daquela história.
— Foi tudo muito ruim mesmo. Mas o Dalmar exagerou na estupidez...
— Daquela vez ele tinha razão. Eu falhei, Gonçalves. Como nunca havia falhado antes.
— Você fez o possível.
— Não, não. Duas meninas mortas em Rio Preto e as outras duas, Araci e Dirce, na praia. Tudo culpa minha.
— Elas morreram mesmo? Dirce e Araci...
— Só podem ter morrido. Ainda que a maré tivesse levado a maior parte do sangue, os restos das roupas das duas não deixava margem para dúvidas. Sorte que a terceira, Rosa, não estava junto. Senão, tinha ido também.

— Rosa, eu me lembro. Você tinha uma quedinha por ela, não?
— Uma quedinha não, Gonçalves. Uma quedona, isso sim. Uma quedona.
— Mas nunca pensou em se aproximar dela?
— Ora, e falar o quê? Ela mal me conhecia. Além disso, levava uma vida de grã-fina que eu, de modo nenhum, conseguiria sustentar.
— Depois daquele episódio nunca mais a viu?
— Nunca.
— Nem sabe por onde anda?
— Não, não faço ideia. Há uns dois anos passei em frente à casa da rua Pará, mas encontrei-a completamente abandonada. Devem ter se mudado, ela e o Navalha Sangrenta. A esta altura, já deve estar casada, com filhos...
— Navalha Sangrenta... Jamais conseguiram provar nada contra ele... Era um grupo estranho aquele, não?
— Era, era sim.
— E outro bandidão, então? O tal Lorde Creptum. Evaporou. Nunca mais se teve notícias dele...
— Nem na delegacia?
— Nem na delegacia, Valdir. Desapareceu na noite em que Dirce e Araci foram mortas, como você bem sabe. E nunca mais...
— Será que ele as matou e sumiu?
— Ou se afogou no mar?
— Ou se afogou no mar... Mas seria muita coincidência, na mesma noite dos crimes.
— É verdade. Será que uma outra pessoa matou os três?
— Não faria sentido. Todas as pistas dos crimes anteriores apontavam para Creptum. Dirce e Araci

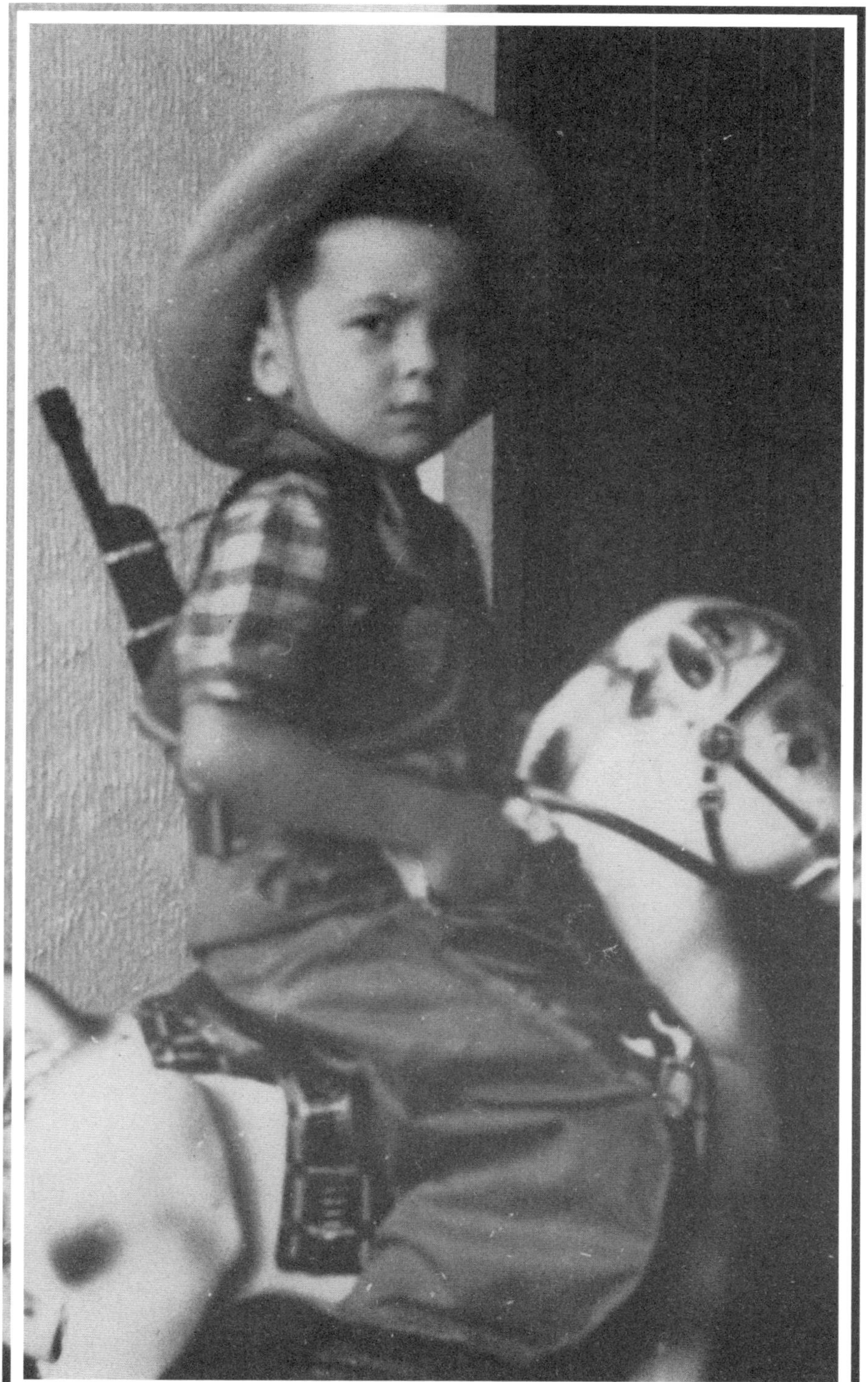

foram mortas do mesmo modo. Não faria sentido.

— É, não mesmo... E se Creptum assassinou as duas moças e uma outra pessoa matou Creptum?

— Bom, seria muita coincidência também. E, se fosse o ocorrido, o corpo teria aparecido.

— Verdade... Pelo menos, depois daquela noite, os crimes cessaram.

— Pelo menos. Mas foram nove vítimas, Gonçalves. E eu não consegui salvar nenhuma. Nem prender o responsável. Com um fracasso desse, impossível continuar... Fiquei quase dois meses sem conseguir pregar o olho, acredita? E a bronca humilhante que o Dalmar me deu, na frente de todo mundo?

— Mas você era um grande investigador, Valdir. O melhor.

— Pai! — interrompi.

— O que foi, Submarino?

— O melhor é você! — e os dois, inexplicavelmente, caíram na gargalhada.

— Você tem razão, garoto. Seu pai é o melhor. Eu era o segundo melhor...

— Ai, ai. Criança tem cada uma... E lá na gráfica, Valdir? Vida mais tranquila, aposto.

— Mais tranquila, sim. Entintar cilindro, ver se as cores estão dando registro...

— Parece grego para mim.

— Só parece. Uma vez que você pega o jeito, é bem simples. E meu tio é sossegado. O oposto do Dalmar.

— Come mais uma empadinha, Valdir. Estou acabando com a bandeja sozinho...

— Obrigado.

— E você, filho? Quer mais uma? Filho? Filho?

Na manhã seguinte, acordei já de pijama em minha cama, sem me lembrar de como fui parar lá ou de ter me despedido do tio Valdir. Espero que ele não tenha me achado mal-educado.

Um mês depois, meu padrinho passou em casa no domingo. Desta vez, como ele havia prometido me levar para uma volta de carro, nada de empadinhas. Sugeri que saíssemos à caça de criminosos, mas ele preferiu um sorvete.

— Está gostoso?
— Está sim, tio Valdir.
— Quer uma mordida do meu?
— Quero.
— Toma aqui.
— Urgh.
— Não gostou?
— Gostei. Mas é azedo. Qual o sabor?
— Limão.
— Por isso é azedo. Prefiro baunilha. Posso tomar mais um?
— Pode. Pode, sim.
— O senhor já foi à praia, tio Valdir?
— Já fui.
— É bonita?
— É bonita.
— Meu pai disse que nós vamos um dia.
— Mesmo?
— Mesmo. Quando minha mãe voltar.
— Podem ir só os dois também, não?
— Eu e meu pai?
— É. Por que não?
— Não sei. Ele me disse que, assim que minha mãe voltar de viagem, vamos os três. Então acho que só iremos mesmo quando estivermos todos juntos, novamente.
— Sabe, Submarino, você precisa sempre dar apoio a seu pai. Sempre.
— Mas eu dou! Eu dou! E ano que vem, quando virarmos parceiros, vou dar mais ainda!

— Ele tem passado por uma época muito difícil.

— Eu sei, tio. Uma vez, fui até o quarto dele e vi, pela fresta, que ele estava sentado na cama, chorando. Muito, muito, muito. Devo ter feito alguma coisa errada, não? Para deixá-lo tão triste... Fiquei escondido atrás da porta, só imaginando o que eu teria aprontado...

— Talvez ele não estivesse chorando por sua causa.

— Como não? Somos só nós dois...

— Pode ter sido alguma outra coisa.

— Outra coisa?

— Outra coisa.

— Marcianos?

— É. Mais ou menos como marcianos.

— Foram eles que deixaram meu pai triste?

— Os marcianos? Acho que não. Eu me referia a alguma outra coisa, não palpável.

— Papável?

— Palpável. Material. Alguma coisa não real.

— Coisa não real? Coisas precisam ser reais, não precisam, tio?

— Nem todas.

— Não?

— Não. Uma lembrança, por exemplo.

— Uma lembrança?

— É. Uma lembrança existe sem ser palpável.

— Que complicado. O senhor também tem lembranças, tio Valdir?

— Tenho. Tenho sim.

— Tristes como as do meu pai?

— Não, não todas. Mas a gente tende a dar mais bola para as tristes.

— Por quê? Não deveria ser o inverso?

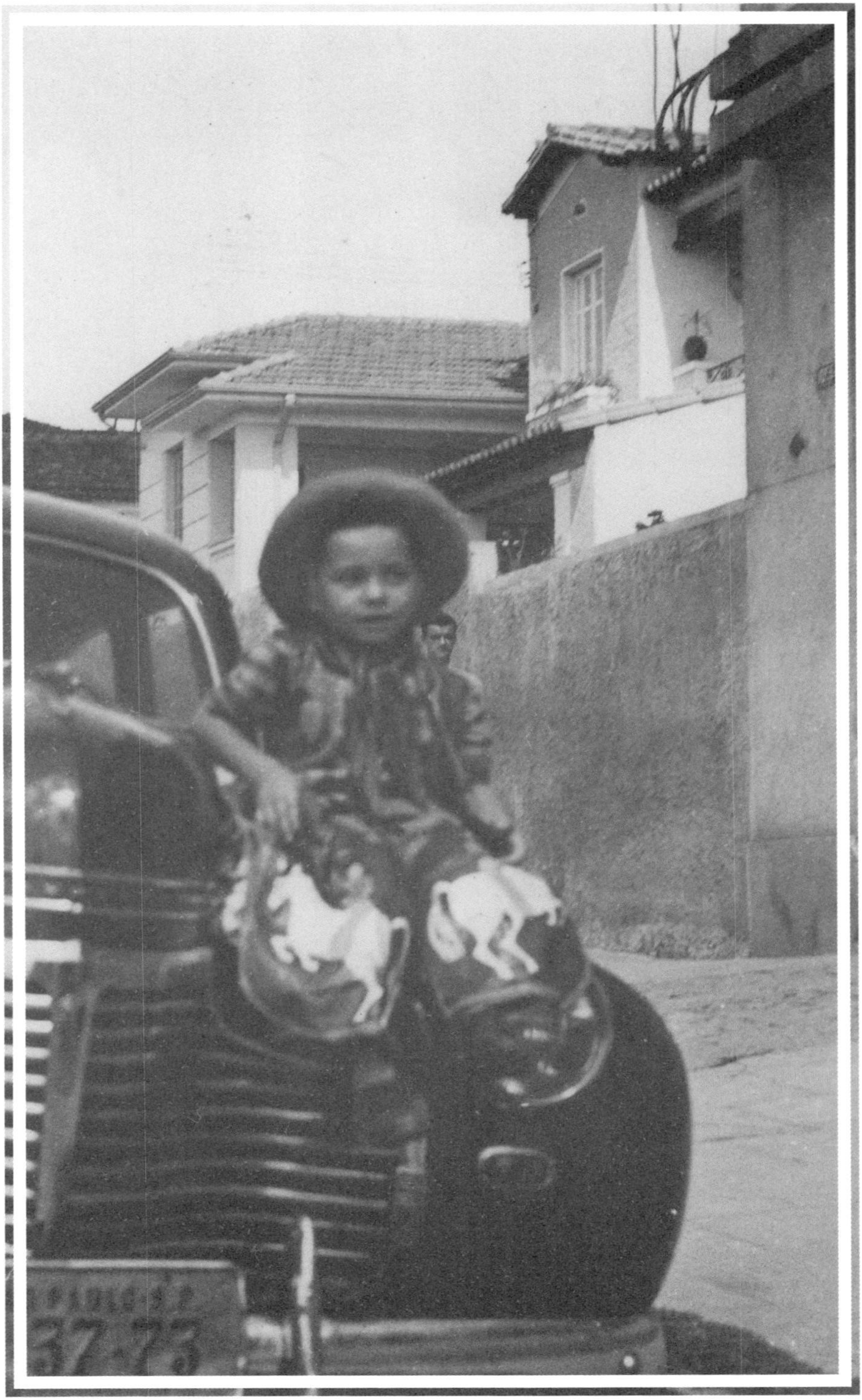

— Deveria. Mas quando lembramos uma coisa que era boa, ficamos tristes por não tê-la mais no presente. E quando lembramos uma coisa ruim, ficamos tristes simplesmente porque era ruim.

— Que complicado.

— É. Acho que é meio complicado. Para piorar, essas lembranças podem tanto ser de coisas que existiram quanto de coisas que não existiram.

— Tio Valdir, minha cabeça está dando nó.

— Desculpe ter começado a divagar essa filosofia de botequim. Não queria lhe entediar. Vamos indo?

— Não está entediando, não, tio. Gosto de passear com o senhor. Só acho que preciso de mais um sorvete.

— Outro?

— É...

— O último, tá? Já é o terceiro!

— O último, prometo.

— Tá bom.

— Oba! Então pode continuar.

— Continuar?

— Sim, explicando como a gente pode se lembrar de coisas que não existiram...

— Submarino...

— Eu quero, tio... Juro.

— Existem coisas que a gente gostaria que tivessem acontecido. E, às vezes, a gente gostaria tanto, mas tanto, que pensa nelas como se as tivéssemos, de fato, vivido.

— É?

— É.

— Que complicado. Eu não tenho lembranças de coisas que não existiram. Você tem?

— Tenho. Tenho, sim.
— Pode contar para mim, tio?
— Não é nada de muito especial.
— Não?
— Não.
— Mas me conte mesmo assim.
— Certeza?
— Certeza.
— Bom, num resumo bem rápido, eu penso numa garota que conheci há muito tempo. Imagino que nos casamos numa festa linda. E saímos em viagem, de navio, pelo mundo todo...
— Pelo mundo todo?
— Pelo mundo todo.
— Inclusive Minas Gerais?
— Inclusive.
— Só que isso nunca aconteceu de verdade?
— Não. Mas, de tanto que já pensei, sinto como se houvesse acontecido.
— Por quê?
— Por que o quê?
— Por que nunca aconteceu de verdade?
— Não sei o porquê. A vida empurra a gente para lugares que nem sempre são os que planejamos. Ou os de que gostaríamos.
— E essa lembrança deixa você triste, como meu pai naquele dia?
— Deixa. Depois que passa, deixa. Mas, enquanto estou lembrando, fico feliz. Deu para entender?
— Mais ou menos, tio. Mais ou menos. Acho que seria mais fácil se fossem marcianos.
— Seria. Certamente seria muito mais fácil se fossem marcianos.

— Contei que apareceram outros no quintal de casa?
— Não!
— Apareceram. Mas já matei todos.

2012

— Eu não acredito!
 — Em quê?
 — No que você fez!
 — O que foi que eu fiz?
 — Estragou tudo! Tudo! Absolutamente tudo!
 — Não estraguei, não.
 — Estragou!
 — Não estraguei!
 — Claro que estragou! Uma aventura de suspense pede um desfecho, entendeu? Des-fe-cho!
 — Mas dei um desfecho...
 — Não esse! Um final impactante, em que toda a trama é revelada!
 — Quem disse?
 — Quem disse?
 — É. Quem disse que precisa ser desse jeito?
 — Ninguém disse. Simplesmente é assim. Sempre foi.
 — Mas não precisa.
 — Lógico que precisa! Uma história de assassinatos brutais, criminosos e monstros não termina com dois policiais deprimidos.
 — Quis dar uma guinada.
 — Uma guinada?
 — É. Fazer algo inesperado. Diferente.
 — Eu não acredito! Sabe quando alguém corta o cabelo?
 — Sei. Mas qual a relação disso com seu chilique?
 — Quando alguém corta o cabelo, as pessoas geralmente têm dois tipos de reação. "Ficou bom" ou "ficou diferente".
 — E?
 — "Ficou diferente" nada mais significa do que "ficou ruim", em versão bem-educada.

— Não. Diferente é diferente. Só. Além do quê, você colocou sangue demais. Corpos derretidos... Muito nojento...

— Óbvio! É o que torna tudo mais interessante!

— Não acho.

— Não acha? Pense, então, no nome da história!

— No nome?

— É, no nome! Qual é o nome da história?

— Desta história?

— Sim.

— Lorde Creptum.

— Muito bem, Lorde Creptum. Então por que diabos, em vez de explicar o mistério por trás de Lorde Creptum, você o deixa completamente de lado e desanda a contar a história pela boca de um moleque maluco de seis anos com roupas de cowboy? Por quê? Ou, se Valdir e Rosa poderiam viver um amor apaixonado, quem surge é o Gonçalves chorando por ter sido abandonado pela Pochete? Para que revelar todo o passado de Navalha Sangrenta quando é possível gastar linhas e linhas elogiando uma empadinha, não é? Uma empadinha! Tenha paciência! Olha, sem dúvida nenhuma, foi a coisa mais idiota que já ouvi!

— Eu já falei para não me chamar de idiota!

— Desculpe, mas dessa vez não dá. Uma empadinha não é assunto!

— Pelo menos não é clichê.

— Clichê? Clichê? Agora sou clichê? É do que está me acusando?

— Bem... Monstros malvados, assassinatos misteriosos, paixões fulminantes...

— Exatamente! Todos os ingredientes para uma aventura emocionante! Bastava um final grandioso, mas você estragou tudo! Era para ser algo assim: Lorde Creptum, numa fábrica abandonada, prestes a se transformar no monstro e matar a pobre Rosa que gritava indefesa, amarrada a uma cadeira. No último instante, porém, Valdir surgia e, após cenas de luta feroz, derrotava o vilão. Libertada a mocinha, uniam-se num longo beijo e Valdir contava a ela todo o mistério por trás de Creptum e Navalha, cheio de reviravoltas surpreendentes....

— Nada clichê esse desfecho, né? Nada, nada...

— Concordo que até pode não ser superoriginal. Mas é, de longe, infinitamente melhor do que policiais depressivos e empadinhas. Infinitamente. Se preferir, posso também pensar em versões mais inovadoras que mantenham a emoção da narrativa. Rosa, amarrada a uma cadeira, chorando indefesa. Uma sombra surge do nada para matá-la. Quando todos pensam que é Lorde Creptum, a lua ilumina o rosto de Valdir que, na verdade, era o assassino... Que foi? Do que está rindo?

— Eu? Rindo? De nada. De nada, não...

— Ou, em vez de Valdir, o vilão poderia ser Gonçalves. Melhor: Pochete Cristina! Ela poderia ser amante do comissário Dalmar e ambos teriam inventado um falso monstro para esconder o esquema de corrupção que mantinham em sociedade com Navalha Sangrenta, contrabandeando... Pare de rir! Pare já de rir!

(A porta se abre.)

— **Que gritaria é essa?**
— Nada, mãe!
— Nada, mãe!

— Nada?
— Nada.
— Nada.
— O que vocês fizeram com a gaveta de fotos?
— Nada, mãe!
— Nada, mãe!
— Arrumem isso imediatamente! Quantas vezes falei para não mexerem nas minhas coisas?
— Muitas, mãe. Mas foi por uma boa causa!
— Uma boa causa?
— É. Uma boa causa.
— E qual seria essa boa causa?
— Descobrir a verdade por trás de Lorde Creptum.
— De quem?
— Lorde Creptum.
— Quem?
— Lorde Creptum. Este aqui na foto.
— O tio Antônio Carlos?
— Não, não, mãe. O de lenço roxo, olha. De óculos escuros. Lorde Creptum, não tio Antônio Carlos.
— Esse é o tio Antônio Carlos. Irmão do meu avô.
— Impossível.
— Impossível.
— Mas é ele, o que posso fazer? Esse jovem de óculos escuros e lenço na foto é o tio Antônio Carlos, irmão do meu avô. Não cheguei a conhecê-lo.
— Sim, porque ele se transformou num monstro marinho e desapareceu em 1940, em São Vicente.
— O quê?
— Após cometer nove assassinatos em que derretia os corpos das vítimas.

— O tio Antônio Carlos? Não, não. O tio Antônio Carlos morreu atropelado antes de completar trinta anos. Uma história muito triste. Dizem que era um moço bom, estudioso. Músico promissor, cheio de talento.

— Músico? E não o horrendo assassino Lorde Creptum? Tem certeza?

— Tenho. Certeza absoluta. Vejam, vejam nesta outra foto aqui. Ele ao lado do pai, meu bisavô. Tataravô de vocês.

— O Navalha Sangrenta?

— Quem?

— O Navalha Sangrenta. Esse que você está apontando é o Navalha Sangrenta. Homem misterioso, enriqueceu do nada após uma série de crimes nunca descobertos.

— De onde tiraram tanta bobagem? É o tataravô de vocês, não enriqueceu nem cometeu crime nenhum...

— Não?

— Não.

— E o inspetor Valdir?

— Quem é o "inspetor Valdir".

— Este aqui, o meio careca.

— Este?

— O próprio. Viveu triste, solteirão, trabalhando numa gráfica e recordando coisas que nunca aconteceram...

— Erraram de novo. Ele teve uma vida bastante feliz. Dentro, claro, do quanto se é possível ter uma vida feliz.

— Verdade?

— Verdade. Olhem ele aqui, bem velhinho.

— É ele?

— É ele, sim. Com a neta no colo. Ou melhor, comigo.

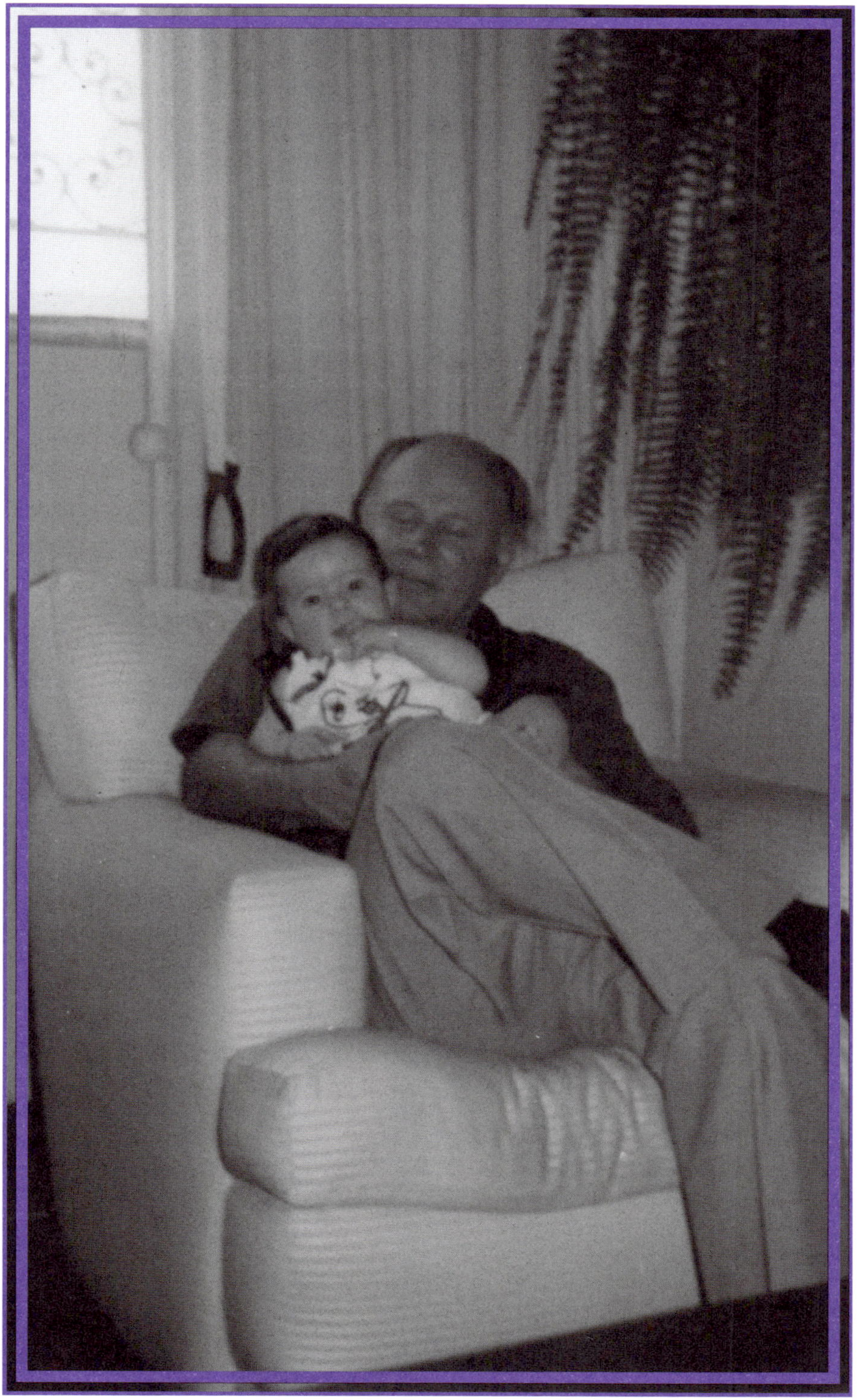

AINDA NASCEM

Ano 35.º — N.º 8 — Janeiro — 1952

Bem diferentes e muito mais po-
rosos são os três irmãos dos Titãs
Arges, Brontes e Steropés — fi-
os de Urânus e de Gea. Esses
s rapagões também moravam na
ília e são inúmeras as suas aven-
as. Começaram com brigas de
nília, desentendendo-se inicial-
nte com Urânus, seu pai. Mas,
no se mostravam, a serviço de
us, ferreiros extraordinários, a
nto de conseguir fabricar para êle
os raios de que se servia cons-
temente, êste, reconhecido, liber-
-os quando Urânus se lembrou
aprisionar os três rebeldes.
  Após tôda sorte de abor-
recimentos e peripécias, ter-
minaram tristemente, mor-

rios e servir, quando menos,
timidar.
  Porém, a fisionomia humana
outras explicações. Acontece
embora raramente — nascer crianças
conformadas e providas de U
ÚNICO. Todos os museus das faculdades
de medicina possuem fetos dêsse gênero
e seu aspecto, convenhamos, é térrico.
Imagine-se um rosto ao qual faltam as
duas órbitas. Mas, no centro da
acima do nariz, há um enorme ôlho
medonho, e que nos revela o que podiam
ser os Ciclopes da lenda. Acrescente-
que essas crianças-ciclopes não vivem e E
que se trata, quase sempre, de criaturas
natimortas. Qual a causa
dessa anomalia?
  Sem contestação, a heredo-
sífilis; e o ôlho ciclópico se
alinha entre os males dessa

TERCEIRO ÔLHO

tos de Apolo. Êste,
realmente, não po-
dia perdoar-lhes
ver fabricado o raio que mat
esculápio.
  Ciclopes foram considera
Gregos como operários
s, aos quais foram confiados
  diferentes e misteriosos
ifícios de Vulcano, trabalho
s com enormes blocos de pedras
has muralhas conservaram, ali
pseudo-criadores, o nome de m
ciclópicos.
  BES-CICLOPES: — Como a maior
nilos, a dos Ciclopes teve, sem
sua origem em algum fato o
O que é preciso, sim, é que
ha sido extraordinário.
  autores recordam que os Gregos
n longo tempo empenhados em
o início de sua História, tr
ntra os povos selvagens, vindos
  que usavam, nos combates,
máscaras, ornadas com um só
se ôlho devia ter, segundo êles,
oder maléfico sôbre os adversa-

terminal moléstia.
Felizmente, essa
é extremamente
rara.
  Extraí aí a fon-
te da lenda dos
Ciclopes? Não é
impossível, mas o
mais provável é
a imaginação dos
antigos — e que,
para explicar seu
nascimento,
tenham inventa-
do os Ciclopes
fabulosos, ante-
passados pre-
tensos, nascidos
tão estranhos.
  A EPIFISE E'
  UM TERCEIRO
  ÔLHO?? — Por
ilusão, também
  chamados Ci-
clopes, alguns sê-
res imaginários,
providos de três

não podia
......, na mis-
.... da qual Des-
........centro re-
.......alma um
.... algum ter-
...........estava do-
.... dizer,
..............a epífise
.............quando va-
...............se viu
...............do-

experiencias
de radio
não ouviam

América, sur-
entre os
altos techni-
os da radio,
dúvida se-
nte as
as elec-
tomagneti-
cas transmit-
ir-se-hão com mais facilidade de ...... para Oeste
do que de Oeste para Leste?
  A esta duvida conduziu o facto de ...... a recepção das comunicações norte-americanas nas estações da Europa melhor do que a obtida ...... America,
e ainda a circumstancia de em Sha ...... ouvir mais
claramente a estação franceza de Lyon do que em
Washington, apezar de se encontrar ...... primeira d'essas estações a distancia egual d ...... unda.
  Observou-se ainda, com o ...... mo de apparelhos
delicadissimos que a velocidade de propagação das

As viúvas são perigosas

ão seja ASSI

Peça inf**UMA** das minhas viúvas telefonou às treze
...... sexta-feira; a outra telefonou às
quinze horas, no mesmo dia. Ambas me con-

Apparelho para medir a profundidade do mar

O "Scientific American" divulga um novo apparelho imaginado com o fim de medir rapidamente as profundidades maritimas, mas que não poderá servir, evidentemente, senão em locaes pouco profundos.

No centro de um navio, installa-se um forte projector electrico dirigido verticalmente para o fundo do mar. A luz, que emitte, atravessa uma espessa chapa de vi-

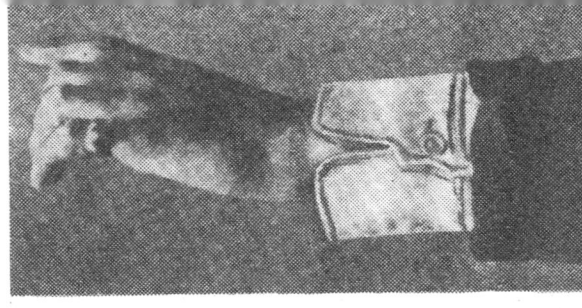

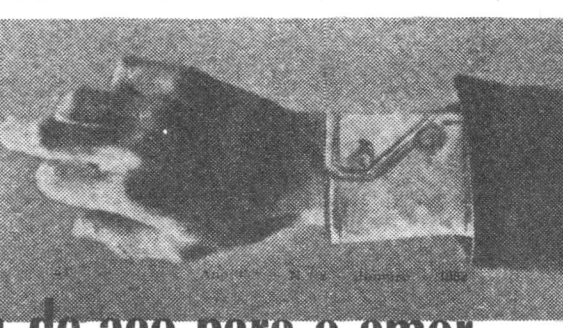

Não há cortina de aço para o amor

MALGRADO AS ORDENS SEVERAS, FRATERNIZAÇÃO! ★ O SOLDADO RUSSO APRENDE DEPRESSA O ALEMÃO E COMPREENDE BEM AS ALEMÃS

De cada dez soldados russos, a esclareceu, nenhum sae jamais, de suas casernas salvo em alguns casos, permitidos...

A proibição foi autorizada por total sair uma vez que uma durante algumas horas. Os que saem vão...
auxilio de **Kommandaturas**, inclinação do...
profundo por um excesso de zelo – e muitas vezes material também — cerca as tropas de ocupação soviéticas. O comando deseja, no último limite do possivel, prevenir qualquer contacto com os civis.

Inúmeros relatórios, que se encontram entre as mãos de todos os Estados Maiores ocidentais, mesmo hoje, o standard de vida das tropas Alemães impressiona os soldados russos e as comparações que o regime considera lamentáveis. Em 1945, as tropas combatentes tomaram por capitalistas — e os maltrataram como tal — os operários que tinham em suas residências quartos de banho, **water-closet**, relógio-pulseira, etc.

PÃES AÇUCARADOS E MANTEIGA SINTÉTICA

...diminuir as probabilidades de contágio do espírito ocidental, a vida das tropas é regulada cuidadosamente. E', a um tempo, edificante. O soldado se levanta às... horas, faz sua "toilette" e veste o fardão...

SS... três punhos... são os primeiros... meios de... revolução referente à moda... seu promoto... o alfaiate... jardin, qu... três tipos, d... Os leitores...

Mousselin
SUPER EXTRA FINA

Todas as fotos utilizadas neste livro fazem parte do arquivo pessoal de Nair Leonardi Ferrari, a quem agradeço não só pela cessão, mas, principalmente, pela disposição em ver, por exemplo, seu pai Rada "interpretando involuntariamente" o Navalha Sangrenta.

A *História da Província Santa Cruz a que vulgarmente chamamos Brasil*, um dos primeiros tratados historiográficos sobre o Brasil, foi escrita pelo português Pêro de Magalhães Gândavo e editada pela primeira vez em Lisboa no ano de 1576.

Em quatorze capítulos, o autor descreve geografia, história natural e costumes da população nativa da nova terra que, à época, tanto intrigava a imaginação europeia. O trecho "1564" deste livro é uma reprodução fiel — ainda que com atualização na grafia das palavras — de partes de seu capítulo 9.

O monstro marinho, ou Ipupiara, já fora descrito anteriormente pelo padre Anchieta, que o colocava ao lado de outros seres da mitologia indígena (e que são conhecidos até hoje), como Curupira e Boitatá.

A ilustração da página 93 é uma reprodução fiel daquela impressa na primeira edição do livro de Gândavo. Abaixo, outras representações gráficas antigas que retratavam o Ipupiara.

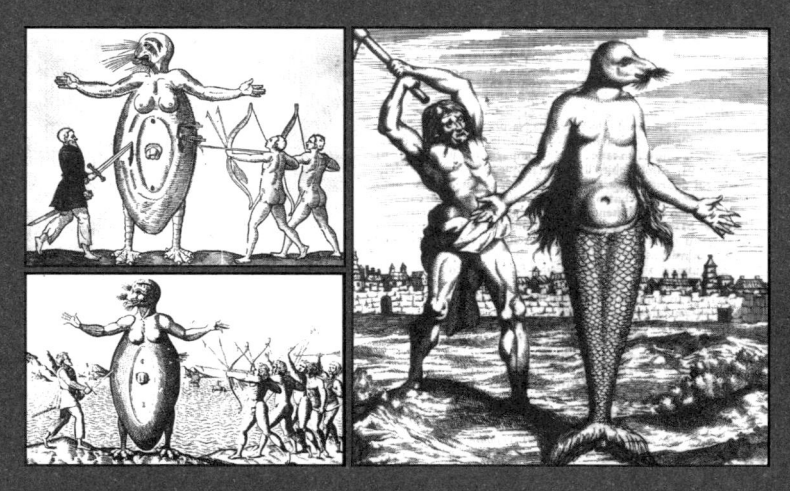

Sobre o autor

Gustavo Piqueira nasceu em 1972.

Cresceu nos bairros da Barra Funda...

... Perdizes...

... e Pacaembu...

... onde vive até hoje. *Lorde Creptum* é seu décimo sexto livro (os outros você pode encontrar em www.gustavopiqueira.com.br).

Já recebeu mais de 300 prêmios nacionais e internacionais por seu trabalho como designer gráfico na Casa Rex, seu estúdio de design. Também ilustrou diversos livros infantis e juvenis.

Lorde Creptum é uma tentativa de misturar todas essas atividades — escritor, designer e ilustrador — numa só. Enquanto um livro geralmente é concebido a partir do texto para, só então, receber suas ilustrações e, ao final, seu projeto gráfico, o processo criativo de *Lorde Creptum* começou pelas imagens — uma coleção de fotos antigas de família —, que "sugeriam" histórias e personagens, bem como possibilidades gráficas de contextualização de diferentes épocas por meio de um projeto gráfico calcado em anúncios de revista das décadas de 1920, 1930 e 1940. Foi a partir desse material iconográfico que o texto se desenvolveu e, uma vez escrito, definiu quais fotos seriam as mais adequadas à narrativa. Ou seja: um livro construído a partir de um constante vaivém entre texto, ilustrações e design.

TUDO SE PAGA N'ESTE MUNDO

As folias da mocidade, os abusos de bebidas e comidas e todos os excessos em geral, occasionam com o andar dos annos o apparecicimento do rheumatismo arthritismo, psoriase, manchas vermelhas pelo corpo, dores articulares, moléstias da pelle, artherio-sclerose, pernas inchadas, entorpecimento das extremidades, etc., etc.

Estas doenças são devidas ao accumulo do ACIDO URICO que o organismo não expelle a medida que se vae formando.

Eliminae este veneno tomando cada dia, durante alguns dias, dois COMPRIMIDOS "SCHERING" "ATOPHAN", si quizerdes evitar soffrimentos e ter socego na velhice.

N'um Theatro 60% são Calvos
Tira o chapéo sem receio

Quando V. S. for a um theatro, observe que 60% dos espectadores são calvos.
A calvicie, em geral, provém do máu trato e uso de oleos brilhantes e absolutamente nocivos. Stacomb é a preparação moderna para manter todo o cabello penteado, não sendo gordurento nem gommoso. Excellente também para o cuidado das cabelleiras femininas.

Stacomb